FAMELICO

WOLF RANCH
LIBRO 9

RENEE ROSE

VANESSA VALE

ISCRIVITI ALLA NEWSLETTER DI VANESSA VALE

Unisciti alla mailing list per essere informato per primo su nuove uscite, libri gratuiti, premi speciali e altri omaggi dell'autore.

http://vanessavaleauthor.com/v/db

ISCRIVITI ALLA NEWSLETTER DI RENEE ROSE

Iscrivetevi alla newsletter di Renee per ricevere Indomita, scene bonus gratuite e notifiche riguardo a nuove pubblicazioni!

https://subscribepage.com/reneeroseit

PRELUDIO
RENEE ROSE
USA TODAY BESTSELLING AUTHOR

REGOLA DEL BRANCO #9: IL DESTINO PASSA IN SECONDO PIANO PER UN PADRE SINGLE

Non mi sono trasferito a Cooper Valley per amore.

Sono qui per crescere mia figlia in pace, lavorare al Wolf Ranch e tenere ben stretto al guinzaglio il mio lupo.

Non ho tempo per distrazioni o complicazioni. E decisamente non per entrambe le cose sotto forma di una femmina.

La mia nuova vicina è dolce, sexy e assolutamente off-limits.

Joy ha sempre i capelli raccolti in una crocchia scomposta e una risata che saprebbe sciogliere il ghiaccio.

Rende la mia bambina più felice di quanto l'abbia mai vista prima d'ora.

Fa ardere *me* di desiderio.

È un raggio di sole. Io sono una nube tempestosa.

Mi dico che sono troppo burbero, troppo minaccioso, e fin troppo occupato a fare il padre per volerla.

Ma al mio lupo non importa delle regole. Lui pensa che lei gli appartenga.

Sa che odora di Destino... *e che ha un sapore ancora migliore.*

Come posso tenermi alla larga? A prescindere da quanto ci provi, pare che sarà il destino a decidere per me.

1

WES

Chiusi l'acqua e tirai indietro la tendina della doccia. Il vapore aveva riempito il piccolo bagno e appannato lo specchio. Uscii sul tappetino, presi un asciugamano – uno di quelli rosa di Remy – e cominciai ad asciugarmi.

Traslocare era uno schifo. Traslocare da genitore single con una bambina di quattro anni era ancora peggio.

Avevo trovato le lenzuola, le pentole e gli accessori da bagno. Tutte le cose importanti. Ma lo scatolone con gli animali di peluche si era perso, o quantomeno non era stato ancora recuperato tra la pila di quelli che ancora riempivano il salotto.

Lo scatolone mancante aveva scatenato una crisi.

Ero riuscito a far sedere Remy sul suo seggiolino che la poneva alla giusta altezza al tavolo della cucina e farla colorare mentre mi lavavo via il sudore e la sporcizia per aver trasportato scatoloni e spostato mobili.

Essendo un mutante, sollevare pesi non era un problema, ma a luglio mi faceva comunque sudare.

Passai l'asciugamano sullo specchio, poi mi sfregai i capelli.

Mentre fissavo il mio riflesso mezzo appannato, notai che ero stanco da fare schifo. Ero un padre, non un nonno.

Mi ero preso la giornata libera per il trasloco, ma Remy aveva comunque bisogno di cenare. Di farsi un bagno anche lei. Di trovare quello scatolone mancante di animali di peluche. E poi, dovevo trovarmi al Wolf Ranch all'alba. Le mie responsabilità, lì a casa e al ranch in qualità di caposquadra, non finivano mai.

«Cibo,» borbottai tra me. «Ti serve del cibo, una birra e un po' di TV che non preveda cartoni o principesse.» Mi avvolsi l'asciugamano attorno alla vita. A malapena. Abbassai lo sguardo. Non ero fatto per un asciugamanino rosa da bambine.

«Remy, che ne dici di hamburger per cena?» esclamai.

Lei non rispose, il che fu una sorpresa perché, per quanto fosse un affare microscopico, adorava mangiare.

Ed essendo una cucciola di mutante, adorava la carne. Adorava anche parlare. Con me. Tra sé. Coi suoi animali di peluche.

«Remy?» Percorsi il corridoio con una mano sull'asciugamano che avevo in vita.

La casetta a un piano che avevo comprato si trovava in città su un ottimo appezzamento. L'avevo scelta perché era stata del tutto ristrutturata – completamente messa a nuovo – il che significava che non avrei dovuto perdere tempo a sistemare rubinetti che perdevano o a rinnovare un bagno datato. La posizione era perfetta per portare Remy a scuola, farle trascorrere del tempo con le amiche quando fosse stata più grande e fare ogni genere di cose da bambini che il vivere isolati su un ranch non avrebbe offerto. Avevo aspettato a comprare una casa e spostare la nostra roba dal magazzino fino a quando non ero stato certo che avrebbe funzionato col nuovo lavoro e il nuovo branco.

Sembrava che avessimo trovato una miniera d'oro al Wolf Ranch. Ci avevano accolti entrambi come se fossimo stati parte della famiglia, non dei perfetti sconosciuti che guarda caso erano anche dei mutanti.

La routine e quel legame affettivo erano proprio il cambiamento di cui io e Remy avevamo avuto bisogno dopo aver fatto parte del circuito dei rodei per sei mesi all'anno. E poi, all'interno del nostro branco natio la situazione era diventata strana. Avevo sentito dire che la madre di Remy si era rifatta viva e non avevo voluto che confondesse nostra figlia. Diamine, non volevo nemmeno che Remy la conoscesse.

Era già abbastanza difficile dover spiegare a mia figlia perché sua madre non ci fosse. L'ultima cosa che serviva alla nostra cucciola era percepire in modo ancora più vivido quell'abbandono dopo aver conosciuto sua madre e vederla sparire di nuovo dalla circolazione. Un conto era essere abbandonati a tre settimane di vita. Una bambina di quattro anni ricordava tutto. E tutti.

«Remy?»

Lei non rispose, quindi affrettai il passo e mi accigliai. La cucina era vuota. Il suo disegno era sul tavolo, i pastelli sparsi sulla superficie in legno.

«Remy!» la chiamai di nuovo.

Probabilmente stava giocando a nascondino con me. Oppure era solo presa da qualunque gioco d'immaginazione stesse facendo in quel momento. Magari si era addormentata dopo essersi sfinita con la crisi dovuta agli animali di peluche persi.

Dopo aver controllato ogni stanza senza risultato, cominciarono a rizzarmisi i peli sulla nuca.

Cazzo.

Non sarebbe uscita di casa. Con tutti i cambiamenti che avevamo avuto di recente, si era fatta più appiccicosa. Non si sarebbe allontanata da me. Diamine, aveva piagnucolato per il solo fatto che mi fossi staccato per farmi una doccia.

Ora, il battito del mio cuore era schizzato. Il mio lupo interiore si stava agitando. Faceva avanti e indietro. Non ci piaceva non sapere dove fosse la nostra cucciola. Se fosse al sicuro.

«Remy?» Alzai la voce urlando.

E se non fosse stata al sicuro? Dannazione! Dov'era?

Girai sui tacchi e corsi di stanza in stanza, controllando con più attenzione stavolta, aprendo gli armadi e guardando sotto i letti nel caso si fosse messa a giocare.

Dove cazzo era mia figlia?

Merda. Qualcuno era entrato in casa e l'aveva rapita? Era uscita dalla porta d'ingresso?

«Remy Marie, se ti stai nascondendo da papà, voglio che esci subito. Sei troppo brava a nasconderti.»

Nulla.

L'adrenalina prese a scorrermi in corpo. Se qualcuno aveva toccato la mia cucciola, il mio lupo l'avrebbe fatto a pezzi.

Andai alla porta d'ingresso. Chiusa a chiave. Andai alla porta sul retro. Merda. Perché non avevo notato che era aperta di qualche centimetro?

Cazzo, cazzo, cazzo!

La spalancai, uscii in veranda e controllai il cortile. Era un quartiere di quelli più vecchi, per cui c'erano alberi e cespugli molto grossi. Una recinzione parziale.

Mi sarei fatto installare una rete che corresse per l'intero cazzo di perimetro il giorno dopo per tenerla in casa.

In quel preciso istante, però, non sapevo dove fosse. Mi passai una mano tra i capelli umidi.

E se si fosse persa? Se fosse finita in strada? Se fosse stata *rapita*, cazzo?

«*Remy!*» esclamai al cielo. La mia voce aveva quel riverbero letale da lupo in crisi. Si parlava delle mamme orse che proteggevano i loro piccoli. Non era nulla in confronto a ciò che avrebbe fatto un papà lupo se qualcuno avesse anche solo respirato addosso al suo cucciolo.

«Sono qui, papà!»

Oh, per il Destino! La sua vocina mi raggiunse attraverso l'aria di quel pomeriggio d'estate. Proveniva dal cortile dei vicini.

Grazie al cielo. Il mio lupo ululò di sollievo. Sospirai, ma il mio cuore batteva ancora all'impazzata.

Ero più tranquillo, ma scazzato perché mi aveva spaventato a morte. L'avevo già lasciata a colorare o a guardare i cartoni altre volte quando ero andato a farmi la doccia. Non era mai uscita di casa. Nemmeno una volta.

Men che meno da quando abitavamo in quel posto nuovo.

Attraversai di corsa il cortile, mi infilai sotto il ramo basso di un frassino e aggirai un cespuglio di lillà.

Lì, seduta sul cordolo in cemento della veranda sul

retro della casa dei nostri vicini, c'erano Remy e una giovane donna. Che se la ridevano e mangiavano dei ghiaccioli del cazzo.

La giovane donna sollevò lo sguardo su di me con un grosso sorriso corredato da fossette.

«Ciao, papà,» disse allegra Remy.

2

JOY

Vivendo nel Montana, la probabilità che un animale selvatico mi aggredisse nel sottobosco non era insolita. Ma un uomo muscoloso e tatuato con indosso solamente un piccolo asciugamani rosa attorno alla vita era una sorpresa.

Soprattutto uno così attraente.

Porca puttana, se era bello a vedersi.

Era *quello* il papà di Remy?

Aveva i capelli rossi.

L'asciugamano minuscolo non riusciva a nasconderlo. Era rosa e aveva... delle fragole ricamate sul fondo. Immaginai che fosse uno di quelli di Remy.

Contrastava in modo vistoso con la sua stazza virile.

Alto all'incirca un metro e ottanta, robusto. Muscoloso. Spalle ampie. Di nuovo, muscolose. Addominali scolpiti. Già, muscolosi. Cosce grosse come tronchi d'albero.

E sotto l'asciugamano... grosso pure lì.

Forse quel telo sarebbe andato bene a una bambina di quattro anni, ma TUTTO di quell'uomo era o messo in mostra, o delineato in maniera molto distinta.

Mi venne l'acquolina in bocca e, all'improvviso, il sole si fece più caldo di quanto non fosse già stato. Mi infilai il ghiacciolo in bocca nella speranza di rinfrescarmi.

Il suo sguardo seguì quell'azione con un luccichio cupo.

«Ciao, papà!» disse di nuovo Remy. Saltellava un po' sul gradino dall'emozione. «Lei è Joy. Stiamo mangiando ghiaccioli.»

Sua figlia era così dolce. E solare. Ora sapevo da chi avesse preso i capelli ramati.

«Lo vedo.» Lui avanzò a passi pesanti verso di noi, il che non avrebbe dovuto essere possibile visto che era scalzo, ma in qualche modo gli riuscì.

Io dovetti piegare la testa all'indietro per mantenere lo sguardo sul suo e non sul resto del suo fisico da Adone. Riuscivo perfino a vedere la V che avevano i modelli. Addolcì l'espressione mentre si accucciava di fronte a me e quell'asciugamano...

Per poco gli occhi non mi schizzarono fuori dalle

orbite alla vista del suo cazzo. Spesso e fin troppo carino per essere un pene.

Lui doveva aver capito che il suo asciugamano non stava facendo il proprio dovere nello stesso istante in cui io mio schiarii la gola. Balzò di nuovo in piedi e si strinse forte il nodo sul fianco.

«Piccola, non puoi uscire di casa senza di me,» disse burbero.

«Non avevo più voglia di colorare,» si difese Remy. «Ho sentito Joy cantare, così sono uscita. Lei vive qui. Lavora l'argilla in garage. Vuoi vedere?»

Lui mi guardò corrucciato come se avessi forse provato ad attirarla in casa mia o qualcosa del genere.

«La dipinge e la mette in un forno. Sembra divertentissimo! Mi farà provare se per te va bene.»

Quel padre scopabilissimo borbottò. Non riuscii a capire se si fosse trattato di un sì o di un no.

Per qualche assurda ragione, il suo atteggiamento seccato me lo rendeva ancora più attraente. Non sapevo perché: forse trovavo che le persone scontrose fossero una sfida o qualcosa del genere.

Non mi erano mai piaciuti i tipi affascinanti, amichevoli e interessati a *me*. Io ero come un gatto che sa riconoscere gli sconosciuti a cui i gatti non piacciono e dispensa le proprie energie e il proprio affetto solo con loro. Inutile dire che ero *molto* single proprio per quel motivo.

«I suoi capelli non sono rossi come i miei,» proseguì Remy. «Sono come quelli di una principessa e come l'oro filato di quel libro che abbiamo letto e anche in quel film. Cos'è l'oro filato? È un filo?»

Quella bimba era carica di energie. Forse il ghiacciolo non era stata la migliore delle idee, ma erano fatti solo di ingredienti naturali. Al lampone, il mio gusto preferito. L'avevo diviso in due per condividerlo. Avevo dubitato che sarebbe riuscita a mangiarne uno intero in quel calore prima che le si sciogliesse tutto addosso. Avevo ragione perché metà del succo le macchiava il volto e la mano destra.

«Il ghiacciolo è naturale al cento per cento, niente zuccheri aggiunti,» gli dissi. «Scusa, avrei dovuto chiedere prima a te, ma lei ha detto di non avere allergie e che tu eri sotto la doccia.»

Probabilmente non avrei dovuto ricordare a me stessa di quel particolare perché quel pensiero fece vagare di nuovo il mio sguardo lungo il suo corpo, in cerca di gocce d'acqua. Mi chiesi se gli sarebbe piaciuto avere un piccolo aiuto la prossima volta.

Avrei potuto tenergli il sapone o qualcosa del genere.

L'uomo borbottò. Mi fissò con uno sguardo intenso.

Trasse un respiro profondo come a cercare di calmarsi.

Poi distolse lo sguardo.

Immaginai che se la fosse presa per il ghiacciolo.

Ooops.

Ignorandomi, disse: «Remy, non puoi scappare via così. Non sapevo dove fossi.» Mi lanciò un'occhiata cupa. «E non dovresti mai accettare del cibo dagli sconosciuti.»

«Scusa, papà.» Sollevò il viso pieno di lentiggini verso di me. «Joy è una sconosciuta? Pensavo fosse la nostra vicina.»

«È ora di andare.»

Remy balzò in piedi. «Grazie per il ghiacciolo!» Corse verso casa sua.

«È adorabile.» Mi alzai, scalza. C'erano più di trenta gradi e, per combattere quel caldo anomalo per il Montana, indossavo un piccolo abitino e avevo i capelli chiari raccolti in una crocchia scomposta.

Lui borbottò di nuovo.

Non ero sicura di cos'altro dire a un uomo perlopiù nudo nel mio cortile che sembrava irritato dal fatto che avessi fatto amicizia con sua figlia. Non c'era un'etichetta da seguire per quel genere di cose.

Lui mi fissava. Io lo fissavo di rimando.

Poi lui si girò e se ne andò.

Io riuscii a scorgere il suo culo muscoloso sotto l'asciugamano striminzito.

Forse non avrei dovuto dare un ghiacciolo a sua figlia. Forse lui non avrebbe dovuto farmi vedere il suo enorme cazzo.

Un vicino di casa con quel bell'arnese? Wow.
Quell'uomo era irascibile. Scorbutico. Bellissimo.
E non sapevo nemmeno come si chiamasse.

3

WES

FORSE ERO STATO uno stronzo con la mia nuova vicina, ma non mi importava davvero. Diamine, non volevo nemmeno pensare al fatto che avessi messo in mostra i miei gioielli di famiglia. Che razza di uomo fa una cosa del genere? Doveva pensare che fossi un pervertito. E uno stronzo.

Sapevo che davo l'impressione di esserlo, non solo con Joy, ma con chiunque. Già prima di Remy, non ero mai stato un tipo socievole. Non ero il genere di persona che fa conversazione o una chiacchierata coi vicini. Gli ultimi quattro anni da genitore single mi avevano reso decisamente permaloso.

Se avevo avuto una quota di parole giornaliere da

pronunciare, di certo le consumavo tutte con Remy. Lei era una chiacchierona. L'unico momento in cui la piantava di parlare era quando dormiva. Per il resto del mondo, a me non rimaneva molta voglia di chiacchierare, di scambiare smancerie né alcuna di quelle stronzate. Avevo dato fondo a tutta la mia pazienza.

Mi ero ritrovato a dovermi sobbarcare una figlia – no, non *sobbarcare*, era la parola sbagliata – io *adoravo* Remy, cazzo, ma non mi ero aspettato di crescere un cucciolo sin dall'infanzia da solo. Non avevo nemmeno saputo di avere un cucciolo fino a quando non ero tornato nel mio branco natio dopo un tour di rodeo di sei mesi e avevo visto sua madre in città, incinta.

Soraya non era stata la mia ragazza. Non era nemmeno stata mia amica. Avevamo scopato *una volta* durante una corsa con la luna piena. UNA VOLTA! Lei aveva un paio d'anni in meno di me ed era sempre stata un bel peperino. Dall'età di diciotto anni, andava e veniva dalla città quando era nei guai o le servivano soldi da parte del suo ricco paparino. Era appena tornata per l'ennesima volta quando era successo.

Già, tirarsi fuori a quanto pare non era bastato. Per cui Remy era stata un errore.

Io avevo trovato un posto in cui vivere e avevo fatto trasferire Soraya da me per assumermi le mie responsabilità con lei e con il cucciolo. Ma non appena lei aveva avuto Remy, aveva lasciato la città. Aveva tirato fuori la bambina, le aveva dato appena uno sguardo ed era sparita. Per quanto avesse potuto tornare di nuovo nel branco, io mi ero trasferito lì a Cooper Valley per tenermene alla larga. Non la vedevo da allora.

Non avevo rimpianti. Remy era tutto per me.

Il problema era che non sapevo un cazzo di come si crescesse una cucciola ed era stata a dir poco una bella impresa. Specie quando avevo dovuto portarla in giro con me per passare di gara in gara a cavalcare tori perché era l'unico modo per me di mettere da parte abbastanza soldi per comprarci una casa e non farle mancare nulla.

Ero anche bravo. Ottenevo i soldi dei premi. Le sponsorizzazioni. Ora eravamo a posto con una bella casa in una buona città e un buon branco.

Entrai e trovai Remy di nuovo sul suo seggiolino a colorare, dove avrebbe dovuto essere mentre mi facevo la doccia.

Andai da lei e le diedi un bacio sui capelli rossi scompigliati. «Mi hai fatto spaventare, piccola.»

Mia figlia sollevò su di me i suoi grossi occhi sorpresi. Erano verdi, come quelli di Soraya. Mi si strinse il petto di fronte a quel visino innocente.

Le volevo così tanto bene che faceva male. Il dolore che avrei provato nel combinare un casino – nel farle da genitore nel modo sbagliato o, che il destino me ne scampasse, nel caso avessi mai dovuto perderla – attanagliava il mio amore.

«*Tu* ti sei spaventato?» mi chiese meravigliata.

Mi posai una mano sul petto nudo. «Non pensi che i papà possano avere paura?»

«Credevo che tu non avessi paura di niente.»

Tirai indietro la sedia accanto alla sua e vi presi posto. Non indossavo ancora altro che l'asciugamano microscopico. «Non ho paura per me, piccola Remy. Ma lo sai cosa mi fa un sacco paura?»

Lei aggrottò la fronte. Aveva un cerchio rosso attorno alla bocca per via del ghiacciolo. «Che cosa?»

Mi sporsi e fissai quei suoi piccoli occhi innocenti. «Il pensiero che possa succederti qualcosa.»

«Ma io sto bene, papà.» Allungò una mano e picchiettò la mia. Come se fosse stata lei a confortare me. «Joy è mia amica.»

Joy. Era la vicina.

Scrutai Remy, mordendomi la lingua per trattenere la mia risposta automatica, che sarebbe stata di dirle di non fidarsi degli estranei o qualunque altra stronzata avrebbero dovuto dire i genitori al giorno d'oggi. Avevo scelto quella città, quella casa, per quanto era sicura. Per permetterle di far visita ai vicini e giocare con altri bambini del quartiere.

Piegai la testa.

«Come fai a sapere che è un'amica?»

Remy tornò a colorare e trascinò un pastello arancione su e giù lungo una figura stilizzata come se le stesse mettendo dei vestiti. «Ha un buon odore.»

Per qualche ragione, quell'affermazione mi fece venire la pelle d'oca.

Ha un buon odore.

«Ti stavi fidando dei tuoi istinti da lupo.» Le rivolsi un cenno del capo. Fare il genitore significava guidare i propri figli passo per passo, poco alla volta.

I cuccioli di lupo non mutavano fino alla pubertà, e in alcuni branchi – specie quelli di città o più integrati fra gli umani – non insegnavano ai loro cuccioli che cosa fossero fino a quando non fossero stati grandi abbastanza da onorare il segreto del branco.

Io, però, avevo dovuto spiegare a Remy, quando avevamo frequentato i rodei, che i tori non potevano farmi del male perché ero un lupo. Lei aveva avuto paura di quegli animali e ciò l'aveva aiutata a guardarmi senza piangere ogni volta che mi facevo incornare per farlo sembrare realistico. Oltre a ciò, però, credevo che fosse importante insegnarle a dar retta ai propri istinti da lupo. A discriminare tra il suo lato animale e il suo lato da bambina. Io non sapevo nulla di cosa significasse essere femmina, per cui stavo cercando di fare del mio meglio.

Era vero che dovevo stare attento affinché Remy non dicesse la cosa sbagliata a un umano, ma volevo che mia figlia sapesse cosa fosse. Ero fiero di lei. Fiero di ciò che era e di ciò che sarebbe diventata. Le avevo insegnato a distinguere l'odore di un umano da quello di un lupo. Sapeva già di poter parlare liberamente di cosa fosse davanti ai lupi, ma di dover mantenere il nostro segreto con gli umani.

«Già, so che è un'umana, ma di quelli buoni.» Remy continuò a colorare, scambiando il pastello arancione con uno giallo, che usò per imbrattare una palla sopra la testa della figura stilizzata.

Mi passai una mano sulla barba. «Quali sono quelli buoni?»

«Quelli come Joy.»

I bambini dicevano le cose più assurde. Nella mia mente, tornai alla veranda sul retro della vicina. Ero stato travolto dal sollievo per aver trovato Remy e dall'agitazione provocata dall'adrenalina non consumata, per cui non avevo prestato abbastanza attenzione a quella donna. Nello specifico, visto che mia figlia vi aveva accennato, all'odore che aveva avuto.

Remy, però, aveva ragione. Era stato piacevole.

Dolce e caldo, come delle ciambelle appena sfornate. Come caramello al miele vanigliato, troppo appiccicoso per essere mangiato.

Ora che ci ripensavo, però, il suo odore non aveva fatto altro che agitarmi ulteriormente. Come se mi avesse irritato il fatto che il mio lupo l'avesse trovato piacevole. Mi metteva di pessimo umore. O di umore *peggiore*.

Mi ricordai del modo in cui il suo sguardo era corso al mio uccello quando mi ero accucciato. Era stata una mossa stupida, ma non ero modesto. Non che avessi avuto intenzione di farlo vedere alla mia vicina con indosso solo l'asciugamanino della mia bambina di quattro anni.

Era arrossita sul petto, ma non era parsa in imbarazzo.

No, c'era stata una certa audacia nel modo in cui mi aveva guardato. Come se mi avesse voluto assimilare.

Come se fosse stata interessata e mi desiderasse.

Mi passai una mano sulla nuca, che sembrò scaldarsi al pensiero. Perché, per qualche motivo, ero grato del fatto che le fossi interessato. Che avesse trovato il mio corpo attraente.

Joy. La vicina. Bei capelli biondi tutti scompigliati raccolti in cima alla testa. Occhi azzurri, labbra piene che sembravano essere sempre tese in un sorriso.

Non ero interessato, ma avrei dovuto stringerle la mano invece di farle vedere il mio cazzo. A quel punto avrei avuto il suo odore sul mio palmo per poterlo esaminare. Avrei potuto presentarmi.

Avevo appena comprato la casa accanto alla sua e avevo una bambina in età prescolare della quale a quanto pareva non potevo fidarmi quando c'era da restare in casa se le veniva detto di farlo.

Avrebbe potuto essere una persona a cui avrei potuto

chiedere di fare da babysitter di tanto in tanto. Tipo, se fossi dovuto correre al supermercato dopo l'ora della nanna. Diamine, mi ero preoccupato di cosa avrei fatto con Remy durante la stagione estiva dei vitelli, che sarebbe cominciata da un giorno all'altro, ormai, dopo le sue lezioni mattutine alla scuola materna.

Quella era la mia prima stagione da caposquadra. Mi ero perso la stagione dei vitelli primaverile per cui, per quanto fossi io al comando, avrei improvvisato un po' riguardo a ciò che faceva quel ranch col bestiame. Immaginavo che, se fossi dovuto andare al ranch di notte, l'avrei tirata fuori dal letto e le avrei creato un mucchietto di coperte in cui dormire nel mio pickup mentre io lavoravo.

Una volta addormentata, non si svegliava per nessun motivo.

Ma se avessi avuto una vicina cui non sarebbe dispiaciuto venire a casa...

I miei pensieri non avevano nulla a che vedere col fatto che Joy fosse giovane e carina. Non era il mio tipo. L'ultima cosa che mi serviva era un'umana dolce con le fossette e gli occhi azzurri nella mia vita, tranne che come babysitter.

No.

Il mio cuore non era disponibile per le femmine, lupe o umane che fossero. Non poteva sopportare la pressione di amare una cucciola di quattro anni. E poi, non avevo abbastanza tempo per gestire una piccola femmina e me stesso. Non avrei mai complicato ulteriormente le cose facendomi coinvolgere da una donna. Soprattutto un'umana.

Nemmeno una che sapeva di praline e raggi di sole.

«Quella è Joy?» Picchiettai il foglio su cui stava disegnando Remy.

Lei annuì, i riccioli rossi che sobbalzavano. «A-ha. Si capisce dai capelli raccolti.» Indicò la palla gialla sopra la testa della figura stilizzata. «Come si scrive il suo nome?»

«Sentiamo come si dice,» dissi io, prendendo spunto dalla maestra d'asilo di Remy, Riley. «J-J-J.»

Lei si infilò la lingua nell'angolo della bocca come faceva sempre quando si concentrava. «G?»

«J. Però hai ragione, anche la G produce lo stesso suono.»

Remy corrugò la faccia mentre disegnava un'enorme lettera J in cima al foglio col giallo. Scambiò il pastello giallo per uno blu. «E poi?»

«Oh-oh-oh.» Emisi il suono con la bocca.

Lei mi lanciò un'occhiata per avere conferma mentre disegnava una O accanto alla J.

Io annuii.

«Tutto lì?»

«Y. Come in Remy.» Sperai che non mi avrebbe chiesto perché allora non si pronunciava *Joey*, perché di certo io non lo sapevo. Non pensavo che insegnassero ancora le eccezioni nello scandire le parole.

Quando lei ebbe aggiunto la sua Y tutta storta, sollevò il foglio. «Posso portarglielo?»

Il mio cazzo ebbe un guizzo sotto l'asciugamano al pensiero di tornare dalla vicina. Il che fu esattamente il motivo per cui dovetti dire di no.

«Non adesso.» Mi alzai e le scompigliai i capelli. «Papà deve vestirsi e capire cosa farti mangiare per cena.»

«Possiamo comprare i ghiaccioli?» chiese Remy.

Mi balenò in mente un'immagine di Joy che leccava il suo ghiacciolo al lampone. Quella lingua che ne scorreva lungo un lato mentre lei scrutava il mio corpo col suo sguardo pacato.

All'improvviso, mi venne l'acquolina in bocca e non fu per i ghiaccioli.

Forse avrei dovuto comportarmi da buon vicino. Avrei potuto accompagnare Remy a consegnare il disegno. Avrei potuto presentarmi come si doveva e partire col piede giusto con la mia nuova vicina. Dopo che mi fossi vestito.

Cosa più importante, avrei potuto cogliere meglio il suo odore.

Sarebbe stato l'unico motivo per andare da lei. Non perché fossi interessato.

Non è che volessi che Joy mi leccasse il mio ghiacciolo. O che aprisse quelle cosce per me così che ci infilassi la faccia.

Non mi stavo chiedendo se l'odore della sua eccitazione fosse dolce come il resto di lei.

Né quali versi emettesse quando si eccitava.

No. Non ci pensavo nemmeno. Non si andava a letto con la propria vicina di casa. Doveva essere quella la regola, no, cazzo?

Soprattutto perché lei era umana e io ero un padre single e un lupo.

4

JOY

Ero seduta sul mio sgabellino, le ginocchia allargate attorno al mio tornio. Avevo il piede destro sul pedale, che regolava la velocità a cui girava. Avevo le mani ricoperte di argilla bagnata fino a sopra i polsi. Il mio vecchio grembiule mi riparava la canottiera e i pantaloncini dagli schizzi, ma le ginocchia e un paio di punti sulle cosce non avevano altrettanta fortuna.

Sporcarmi faceva parte del lavoro da vasaio. Prendevo un cubo di argilla bagnata e lo trasformavo in oggetti funzionali, come piatti, tazze e vasi. Un vaso era proprio ciò che stavo creando in quel momento.

Intinsi la spugna umida nel secchio d'acqua, la strizzai e poi la poggiai nel punto esatto in cui il tornio e l'argilla si incontravano. Assomigliava a un vaso, alto circa una ventina di centimetri, ma dovevo restringerne il fondo. Premetti verso l'interno mentre il vaso girava su se stesso. Lentamente, con un'applicazione costante, quello si restrinse.

Intinsi di nuovo la spugna e ripetei l'operazione più e più volte fino a quando non fui soddisfatta del risultato. Poi presi un piccolo attrezzo di legno per rimuovere il materiale in eccesso.

Si staccò una striscia di argilla a spirale. La gettai nella pila dell'argilla in eccesso in lenta crescita.

La musica era bassa. La porta del garage era aperta. Era una magnifica giornata nel Montana.

Però faceva comunque caldo. Il sudore mi imperlava la fronte e non potevo toccarla per asciugarmi. L'avevo imparato tempo prima quando ero stata solita ricoprirmi dalla testa ai piedi d'argilla.

Dopo che ebbi tolto il piede dal pedale, il vaso rallentò per poi fermarsi.

Lo scrutai con occhio critico. Avevo intrapreso una nuova direzione. I primi due che avevo consegnato al negozio d'artigianato in città erano stati venduti entro la prima settimana. Ne avevo mandati un paio ad alcuni negozi in giro per il Paese che vendevano i miei prodotti. Quello era diretto in Texas una volta che l'avessi portato a termine.

Afferrando il cavo con i due pernetti di legno alle

estremità, lo feci passare sotto il fondo del vaso umido per separarlo dal tornio.

Controllai per assicurarmi di avere un posto in cui metterlo ad asciugare sulla mensola e mi diedi un'occhiata alle spalle. Fu allora che il mio cellulare squillò.

«Merda.»

Con cautela, presi il vaso e attraversai il garage per posarlo.

Feci sporgere il labbro inferiore, mi soffiai dell'aria sul viso, e spostai le ciocche ribelli di capelli dagli occhi.

Non potevo prendere il mio cellulare – che stava ancora suonando – ma usai il mignolo per accettare la chiamata, lasciando solo una piccola scia sullo schermo. Con il vivavoce inserito, potevo parlare a mani libere.

«Una gioiosa giornata da Joy!»

«Ciao, Joy, sono Joann, dell'Artigianato Segal.»

Il suo negozio nell'Oregon aveva venduto un paio dei miei articoli. Gliene avevo perfino mandati altri la settimana prima.

«Oh, ciao! Stavo giusto lavorando al mio prossimo vaso.»

«Fantastico. Ti chiamo perché ho brutte notizie, però.»

Non era un buon segno.

«La scatola che mi hai mandato. L'interno era tutto rotto.»

«Cosa?» Tutto? C'erano... quattordici tazze, tre vassoi

e un vaso. Ero un'esperta nell'impacchettare roba fragile, ma gli incidenti capitavano. A ogni modo... Tutto?

«Dovresti lamentarti col servizio di consegna e chiedere il rimborso dell'assicurazione. Ho delle foto che posso mandarti via e-mail da aggiungere alla richiesta di risarcimento.»

Erano cinquecento dollari di beni.

Probabilmente avrei potuto ottenere un assegno dall'assicurazione come diceva lei, ma ci sarebbe voluto del tempo. L'avevo già fatto in passato. Quelli erano un sacco di soldi! Mi servivano. Avevo sperato che Joann mi stesse chiamando per dirmi che mi avrebbe fatto un bonifico online e avrei avuto ciò che mi serviva per pagare il mutuo.

Adesso?

«Be', diamine. Sì, certo che voglio quelle foto. Tu, uhm, vuoi degli articoli sostitutivi?»

Ti prego, dimmi che vuoi degli articoli sostitutivi!

«Ci vorrà almeno una settimana per prepararli tutti dall'inizio alla fine.»

Dopo che gli articoli venivano messi sul tornio, dovevano asciugare completamente prima di poter essere cotti nella fornace altrimenti l'acqua all'interno li avrebbe fatti esplodere. Poi venivano smaltati e cotti di nuovo.

La lavorazione delle ceramiche non era un'arte rapida.

«Sì, ti prego. Tutti adorano i tuoi lavori.»

Trassi un respiro di sollievo senza farmi sentire.

Certo, avrei perso dei soldi per via dell'argilla e della pittura in più che avrei usato per rifarli tutti. E nel tempo che ci sarebbe voluto per realizzare quell'ordine, avrei potuto fare qualcos'altro. Lei però era una cliente fissa e una brava persona. Non era colpa sua.

«Grazie per la telefonata,» dissi. «Ti farò sapere quando saranno pronti gli articoli sostitutivi.»

«Buona giornata, Joy.» Joann terminò la chiamata.

Io fissai il mio garage. Avevo comprato quel posto da ristrutturare un paio di anni prima per via del garage isolato nello specifico. Era lo studio perfetto per lavorare le ceramiche. Non appena mi ero trasferita, mi ero assicurata che l'impianto elettrico fosse a norma prima ancora di sistemare il rubinetto che perdeva in cucina. Avevo perfino chiamato i vigili del fuoco affinché confermassero che tutto era sicuro per la fornace.

La casa era *ancora* da ristrutturare. Le servivano un sacco di lavori, a differenza della casa di Remy e di suo padre accanto alla mia che era stata rimodernata da cima a fondo. Conoscevo i vecchi proprietari e avevo visto tutti i lavori che avevano fatto.

Il mio lavandino non perdeva più, ma le finestre andavano sostituite, la caldaia aggiornata e le piastrelle del bagno non avrebbero dovuto essere di un verde avocado. Prima o poi avrei fatto tutto. Se avessi avuto i soldi extra per occuparmi di quei progetti. Non ero al verde, ma riuscivo a malapena a tenermi a galla.

I miei articoli stavano cominciando a vendere per tutto il Paese e stavo racimolando dei soldi, ma sembravano sempre esserci degli imprevisti che arrestavano i miei progressi.

Un vaso avanti, due vasi indietro, o com'era il detto.

Il mio cellulare squillò di nuovo. Quella volta era un messaggio.

Il nome sullo schermo mi fece sorridere. Marina. La mia amica della lezione di yoga.

> Colton non c'è. Vieni da me. Ho del vino.

Mi aveva già convinta con *vieni da me*, ma anche del vino? Diamine se me ne serviva un bicchiere. O due.

Premetti il tasto per la digitazione vocale perché non sarei mai riuscita a scrivere con le mie mani zozze.

> Ci sto. Dammi un'ora.

5

JOY

«E NON ERA ZUCCHERO... ERA SALE!» esclamò Marina.

Non potei fare a meno di ridacchiare, immaginandomi la sua cliente che mangiava una torta così cattiva.

Ci trovavamo sul retro della casa principale al Wolf Ranch. Sul prato c'erano delle sdraio con spessi cuscini che davano sul fienile e sui campi che vi estendevano oltre. Era un bel posto. Il sole era basso all'orizzonte, e luccicava tra gli alberi.

Marina viveva lì col suo uomo, Colton, assieme al fratello di Colton, Rob, e a sua moglie Willow. C'era un capanno accanto al fienile nel quale vivevano a rotazione alcuni aiutanti del ranch. Avevo sentito dire che al momento gli unici ad abitarci erano Johnny e sua moglie Emma.

«Se non stai creando ceramiche, che hai combinato di recente? Mi sembra passata una vita da quando ci siamo viste l'ultima volta.» Sollevò un dito. «In effetti, nevicava. Ricordi, Colton è dovuto venire a prendermi a casa tua.»

Annuii. «Me lo ricordo. C'era stata una bufera.»

Lei si sporse con la bottiglia di vino e mi riempì il bicchiere.

«Per quanto riguarda cosa abbia fatto, lavoro,» le dissi. «Lavoro. E ancora lavoro.»

Le avevo già raccontato della spedizione fallata.

«Passare tutto il tuo tempo nel garage non è divertente.»

Feci spallucce. «Non è un garage, è il mio studio. Tu stai nella tua cucina a preparare dolci.»

Lei agitò le sopracciglia. «Io ho Colton che mi trascina fuori e mi fa fare altro.»

Sogghignai. Potevo solo immaginare *come* la trascinasse via – probabilmente in spalla – e cosa *altro* facessero.

«Adoro il fatto che tu abbia Colton,» dissi con un sospiro.

«Dobbiamo trovarti un uomo.»

Subito pensai al signor Asciugamano, il mio vicino. Lui sì che era *tutto* uomo.

Ero andata a letto la sera prima pensando a lui. Diamine, avevo perfino visto il suo cazzo e non eravamo nemmeno usciti insieme una volta! Sapevo che ce l'aveva grosso. Sapevo che era favoloso. Letteralmente ogni centimetro di lui. Nonostante il suo cattivo umore, sapevo che era dolce con sua figlia. Protettivo. Autoritario.

Mi ero toccata pensando a lui, senza l'asciugamano.

Immaginando come ringhiato per poi fare l'autoritario con *me*.

A quanto mi sarebbe piaciuto. A come sarei venuta quando mi avesse ordinato di farlo.

Come...

«Terra chiama Joy. Dove sei finita, e posso venirci anch'io?» mi chiese Marina.

Sospirai. «Scusa. stavo pensando al mio nuovo vicino.»

«Oh?» Sembrava interessata. «Nel bene o nel male?»

«Bene. *Molto* bene.»

Fu come se parlare di lui l'avesse evocato.

Perché avrei potuto giurare che il mio nuovo vicino fosse appena uscito dal fienile. Non era poi così vicino, per cui forse mi servivano gli occhiali, ma avrei riconosciuto quel corpo stellare ovunque. E poi...

Era lui! Perché a galoppare come un finto cavallo proprio dietro di lui c'era una bambina.

«Lui.» Indicai.

Marina girò di scatto la testa.

«Wes?» trasalì. «È lui il tuo nuovo vicino? Sul serio?»

Wes. Era quello il suo nome.

Annuii. «Non si possono non notare i capelli rossi.»

«Oddio, è bellissimo. So che io ho Colton e lui è perfetto, ma non sono cieca. Se ti piacciono i tipi rossi e scorbutici, è quello giusto.»

«È... cattivo?» chiesi, pensando alla piccola Remy. Era dolce e solare e non volevo che nessuno si comportasse male con lei, soprattutto suo padre.

«Cattivo?» Lei rise. «Noooo. Sostenuto. Riservato. Non timido. Introverso. Diamine, è solamente scorbutico e basta. Ma guardalo con sua figlia. Vedi un po' se non ti fa sciogliere il cuore come neve al sole.»

Se la stava facendo salire sulla schiena fingendo di essere un cavallo. Riuscivo a sentirla ridacchiare da lì.

«Dunque dov'è la madre di Remy?»

«È una perdigiorno,» borbottò lei agitando la mano. «Ha abbandonato la bambina subito dopo averla data alla luce, da quel che ho capito. Sospetto che sia quello il motivo per cui lui è tanto scorbutico. Ha fatto il padre single mentre partecipava ai rodei per tre anni e mezzo, se riesci a crederci.»

«Partecipava al rodeo?» squittii, la mia mente che prendeva strade ancora più eccitanti. Quel tipo in sella a un toro?

«Già.» Marina si fece aria per poi ridere.

«Se l'è portata in giro per tutto il Paese? Sul serio?» Fissai i due fino a quando non svanirono nel fienile. «Come ha fatto?»

«Non lo so... non tanto bene. Cioè, il rodeo paga bene, e suppongo che stesse mettendo da parte per riuscirsi a comprare quella casa accanto alla tua, ma il circuito non è un bel posto per una neonata né per una bambina piccola.»

Scossi la testa. «Non me lo vedo. Allora com'è finito qui? Tramite Boyd?»

Tutti a Cooper Valley sapevano che Boyd Wolf era stato una stella del rodeo prima di conoscere sua moglie, Audrey, e ritirarsi dal circuito.

Marina bevve un sorso di vino prima di annuire. «Esatto. Boyd ha visto Wes l'ultima volta che il rodeo è stato in città e, quando ha scoperto che Wes aveva una bambina di quattro anni che si spostava con lui, gli ha offerto una posizione da caposquadra qui. Credo che lui e Rob gli abbiano ritagliato quel lavoro perché non è che Boyd o Colton non potessero occuparsene di persona.»

Mi si sciolse il cuore. Non solo Wes era un eroe per essersela cavata da solo come padre in giro per il Paese, ma tutto il clan dei Wolf era composto da eroi per aver tenuto abbastanza a sua figlia da creare una posizione ben pagata per lui e far sì che non salisse più in sella ai tori. Non poteva essere un lavoro sicuro.

«Non parla molto, ma gli ho tirato fuori il fatto che,

sebbene si guadagnasse bene, era sollevato all'idea di lasciare il rodeo perché sapeva che era giunto il momento per Remy di andare all'asilo e interagire con altri bambini.»

«Sembra un tipo a posto.»

Marina mi guardò. Coi suoi capelli scuri, i suoi occhi chiari erano in netto contrasto. «Tesoro, è una bravissima persona. Rob non l'avrebbe assunto se non lo fosse stato. Non sarebbe durato un giorno e tu lo sai.»

Tutti gli uomini al Wolf Ranch erano simpatici. Premurosi nei confronti delle proprie donne. Grandi e grossi. Magari un tantino intimidatori, ma lei aveva ragione. Non avrebbero permesso a uno stronzo di lavorare lì.

«Nessuna fidanzata?» La fissai e ridacchiai. «Sai. Chiedo per un'amica.»

Lei ricambiò la risata. «Nessuna fidanzata. Non è mai uscito con nessuno da che è qui, che io sappia. Credo che Remy assorba tutte le sue attenzioni, ma non si sa mai. Le cose potrebbero cambiare dopo aver conosciuto la bellissima ragazza della porta accanto.» Si alzò. «Forza, vuoi che ti presenti?»

Le rivolsi un sorriso ironico e rimasi seduta lì. «Ci siamo conosciuti. E onestamente, non mi è sembrato poi così colpito dal nostro primo incontro.»

Io, invece? Ero rimasta *molto* colpita da quel che avevo visto di lui.

Marina agitò una mano. «Be', come ho detto, è scorbutico. Non lasciare che la cosa ti scoraggi.»

Scoraggiarmi? Forse invece mi avrebbe aiutata.

6

———

WES

SCOPPIÒ UN TUONO, che fece tremare le pareti della casa appena un istante dopo il baluginio di un fulmine.

Covava temporale da dieci minuti, ormai. Saltò la corrente.

Cazzo.

Mi diressi in cucina con indosso nient'altro che un paio di pantaloni del pigiama per trovare una candela nel caso in cui Remy si fosse svegliata per andare in bagno. Ne avevo una in un barattolo di vetro da qualche parte. Le candele non facevano per me, ma Remy mi aveva implorato di comprarla al negozio di articoli a un dollaro la settimana prima.

Eccola. La trovai e la accesi. Non era profumata, per

cui se non altro non avrei dovuto vedermela con un odore sintetico che faceva impazzire il mio lupo.

La poggiai sul tavolo della cucina come una specie di lumino notturno. Per fortuna, di solito Remy dormiva come un sasso una volta messa a letto. Se il temporale fosse cominciato quando stavo cercando di farla addormentare, si sarebbe spaventata.

Mi ritrovai a lanciare un'occhiata oltre le porte a vetro scorrevoli sul retro in direzione della casa accanto. Mi chiesi se Joy stesse bene.

Era una cosa stupida. La mia vicina era una donna adulta. Non avrebbe avuto paura di un temporale estivo.

Tuttavia, il vento soffiava attraverso le prese d'aria e faceva sbattere dei rami contro la casa. Riuscivo a sentire il forte tonfo di uno che ne colpiva il fianco. La parte protettiva di me si chiedeva se le servisse qualcosa. Era umana e, dunque, vulnerabile al pericolo.

Ma di che genere di pericolo mi preoccupavo? Non è che il vento potesse abbattere casa sua. Le probabilità che un fulmine colpisse il suo tetto erano piuttosto scarse visti gli alberi alti tutti attorno.

Io ero il grosso lupo cattivo. Sapevo tutto di quella roba.

Lei stava bene.

Se avesse avuto paura, non era un mio problema. Non sarei corso dalla mia vicina ad abbracciarla e dirle che era al sicuro. Avrebbe potuto farlo qualcun altro.

Non fosse che il pensiero di abbracciarla mi colpì in maniera viscerale. Mi risultò piacevole. Come se il mio lupo avesse voluto la piccola umana della porta accanto spaventata e tremante tra le mie braccia, rivolgersi a me in cerca di conforto.

Il che era una pazzia, cazzo.

Tuttavia, l'idea che qualche altro uomo le offrisse quel tipo di conforto mi faceva digrignare i denti. Non esisteva, cazzo. Eppure era solo perché non mi piaceva l'idea di avere degli estranei vicino a casa. Non se avevo una bambina piccola.

Non ero geloso al pensiero che un tipo qualunque potesse confortare la mia vicina. Ero solo un padre protettivo.

Già, era così. Mi passai una mano sulla faccia e sospirai.

La pioggia batteva contro le finestre e il tetto. Ci fu un altro lampo assieme a un tuono.

Il mio lupo emise un ringhio istintivo, pronto a proteggere e a difendere la mia famiglia dalla tempesta. Attraversai la casa e sbirciai in camera di Remy. Non mi serviva una candela con la mia vista da lupo per vederla rintanata sotto la trapunta color lavanda, una mano gettata sopra la testa.

Il vento soffiava, facendo tremare le finestre. All'improvviso, sentii un forte schianto e il rumore di vetri in frantumi.

Una donna urlò.

Joy.

Cazzo. Cos'era successo?

Un'ultima occhiata a Remy mi assicurò che stava dormendo serena, così attraversai di corsa la casa e spalancai le porte scorrevoli. Era buio pesto fuori, ma i miei occhi da lupo si adattarono all'oscurità mentre correvo verso la casa vicina. La pioggia forte mi batteva sul viso.

Ero diretto ancora una volta a casa sua bagnato fradicio.

«Porca puttana!»

Un albero intero – uno di quelli che erano stati nel suo cortile sul retro – si era piegato ed era finito sul tetto di Joy. Il tetto stesso e parte del muro adiacente erano crollati, rompendo il vetro della sua finestra. Un enorme ramo era per metà dentro e per metà fuori da casa sua.

Cazzo!

«Joy?» gridai nello stesso istante in cui sentii rimbombare un altro tuono.

Non mi avrebbe sentito. Era umana. Avrebbe potuto essere ferita.

Non feci il giro per andare a bussare alla sua porta. Non attesi un permesso o un invito.

Al diavolo.

Mi limitai a infilarmi dritto nella finestra rotta, arrampicandomi sull'albero per raggiungerla. Quando infransi le schegge di vetro rimaste per entrare, l'urlo di Joy risuonò appena sotto di me e alla mia destra.

«Oh cazzo!» Mi fiondai attraverso la finestra rotta e atterrai tra una pila di macerie su un letto. «Joy?»

Era sotto le macerie e stava provando a districarsene.

Per il Destino, no.

«Joy!» Mi fiondai verso di lei, lanciando via i pezzi di cartongesso che erano caduti dal soffitto per raggiungerla. L'albero non si sarebbe mosso tanto facilmente, ma per fortuna non l'aveva schiacciata.

Lei scese dal letto, atterrando nel piccolo spazio tra quello e la parete. «Oddio! Che è successo?»

La pioggia entrava in casa assieme al vento, che smuoveva le sue tende.

Per il Destino. Si trovava... *sul letto* quando il soffitto le era crollato addosso?

Scesi e lo tirai verso di me ribaltandolo su un lato, così da raggiungerla. Mi dimenticai di non mostrarle la mia forza sovrumana. Mi dimenticai di tutto a parte il raggiungere la mia fragile vicina prima che rimanesse gravemente ferita. Forse lo era già e io non lo sapevo ancora.

Avrebbe potuto essersi tagliata. Sanguinare. Peggio.

«Joy, vieni qui.» La presi in braccio e la trasportai fuori dalla camera da letto e lontano dal tetto in rovina.

Lei mi avvolse le braccia attorno alle spalle e il mio lupo si placò. Colsi una zaffata pura del suo dolce odore e un fulmine saettò di nuovo, stavolta dentro di me. Fu come se tutte le mie cellule si fossero risvegliate nello stesso istante. Venni elettrificato. Mi si accese un interruttore.

Cazzo, aveva un buon odore.

Aveva un odore... *giusto*.

Non avevo mai pensato che nessuno – umano o lupo – avesse un odore sbagliato, ma quello era *giusto*.

All'improvviso faticai a deglutire.

Né riuscii a mettere giù Joy. Non era al sicuro lì, in quella casa distrutta. Eravamo entrambi zuppi e ricoperti da cartongesso e macerie. Peggio, forse lei aveva un trauma cranico o un taglio sanguinante.

Dovevo portarla a casa mia per darle un'occhiata. Non esisteva che restassimo lì.

Senza dire una parola – il che non era insolito per me – uscii a passi pesanti dalla sua porta sul retro a piedi nudi e varcai la mia con Joy in braccio. Presi la candela accesa dal tavolo della cucina mentre mi dirigevo nel mio bagno. Mi fermai solo per dare un'occhiata a Remy, che dormiva ancora e si stava perdendo tutto quello. Poi, misi delicatamente Joy in piedi e poggiai la candela sul mobile del bagno per cominciare a toglierle pezzi di legno e cartongesso dai capelli. Le tenni una mano sul gomito perché sembrava che le gambe non la reggessero.

«Mi... mi è caduto un albero sul tetto.» Joy era sotto

shock e cercava ancora di assimilare cosa fosse appena successo.

Io non ero il tipo da pronunciare parole insignificanti, ma mi costrinsi a tirarne fuori una, perché quella situazione richiedeva una risposta. Lei se la meritava. «Già.»

«Il mio tetto è... La mia casa...» Sembrava disorientata.

«Sei ferita?» Le feci scorrere lo sguardo addosso. Aveva i capelli biondi fradici e appiccicati al viso, ricoperti di polvere bianca proveniente dal cartongesso del soffitto. Le braccia e le gambe erano ricoperte di altre macerie che la pioggia non aveva lavato via. Il suo pigiama consisteva in un paio di minuscoli pantaloncini e una canottierina attillata. Nessuno dei due indumenti nascondeva il suo corpo florido. Il fatto che fossero entrambi bagnati significava che riuscivo a vederle i capezzoli. Ogni rigonfiamento. Sapevo che dimensioni avessero. Che colore.

Mi venne l'acquolina in bocca dalla voglia di assaggiarli. Più in basso, il tessuto premeva contro il suo sesso.

Porca puttana, era perfetta. Il mio lupo avrebbe voluto scoparsela in quel preciso istante, ma mi era rimasta abbastanza funzionalità cerebrale – visto che tutto il sangue si era riversato nella mia erezione – da sapere che non era quello il momento.

Lei esaminò il proprio corpo assieme a me. Sollevò

una mano per sfregarsi un punto sulla fronte dove si stava formando un bernoccolo e fece una smorfia.

«Sembra ci sia un livido lì.» Le scostai con delicatezza i capelli bagnati dal viso per esaminarlo. «Dove altro ti fa male?» Addolcii la voce come avrei fatto se mi fossi messo a parlare con Remy dopo che aveva rimesso. Le girai il mento da una parte all'altra alla ricerca di altri lividi e le feci scorrere la punta delle dita sulla nuca. «Sai come ti chiami? Quando sei nata?» Cercai di ricordare cosa ci chiedessero i dottori al rodeo quando cadevamo.

Lei emise una risata mezza isterica. «Sì. Joy Wallace. Tredici marzo.»

«Okay.» Continuai a esaminarla. Non sembrava avere ossa rotte o tagli aperti, sebbene fosse davvero difficile notarli quando i miei occhi continuavano a tornare sui suoi capezzoli.

«Io sono Wes,» mi ricordai di dirle, visto che non mi ero presentato il giorno prima. «Weston Sparks.»

«Lo so. Sono amica di Marina del Wolf Ranch. In realtà ero là ieri sera e vi ho visti. Oh, Remy sta bene?»

«Sì. Sta ancora dormendo.»

Lei girò la testa in direzione di casa sua come se stesse ancora cercando di assimilare l'accaduto. «Sei entrato dalla mia finestra?»

Annuii. «Ho sentito lo schianto. Eri a letto quando è successo?»

«Stavo cercando di dormire, ma i tuoni mi hanno

svegliata. E poi, all'improvviso, il soffitto mi è crollato in faccia.»

«Di tutti i posti in cui avrebbe potuto cadere quell'albero...» La mia voce si fece roca per il feroce bisogno di proteggerla di nuovo. Il pensiero di cosa sarebbe accaduto se fosse rimasta schiacciata sotto il peso del tetto faceva impazzire il mio lupo. Era un cazzo di miracolo che fosse per lo più illesa.

«Sta... sta piovendo dentro casa mia, al momento.»

«Lo so. Non c'è nulla che possiamo fare stanotte. Ho spinto via il letto, per cui non c'è niente sotto il buco.»

Lei annuì. «Grazie.» La sua voce era morbida e sincera.

Per il Destino! Qualcosa nel modo in cui pronunciò quella parola mi fece stringere la gola. Come se avesse significato qualcosa per lei. Diamine, mi sbagliavo sul fatto che non avrei dovuto confortarla perché, in quel preciso istante, lo volevo eccome, cazzo.

«Avrei dovuto prevederlo,» dissi, con la voglia di prendermi a pugni da solo. Cazzo, ero rimasto in piedi nella mia cucina decidendo di proposito di *non* andare a controllare come stesse. «Ho sentito un ramo colpire la tua casa, ma non avrei mai pensato...»

«Come avrebbe potuto prevederlo chiunque?» La sua voce aveva di nuovo quella risata isterica.

Io le avevo ormai tolto di dosso tutti i detriti. Un nuovo istinto –più oscuro – cominciò a lottare con la mia necessità di prendermi cura di lei ora che ero riuscito in quell'impresa.

Mi schiarii la gola. «Vuoi farti una doccia per lavarti via il resto della sporcizia?» Cercai di non immaginarmi a sfilarle quel carinissimo pigiama fradicio. A entrare nella doccia con lei e porgerle il sapone. No, a usarlo io stesso su di lei. A controllare ogni centimetro di lei per assicurarmi che non fosse ferita. No, *a leccarlo.*

«Sì.» Anche la sua voce sembrava roca. «Uhm, mi sembra una buona idea.»

Giusto. *Spostati, Wes. Non startene lì impalato a fissare la tua bellissima vicina.*

Spalancai l'armadietto e ne tirai fuori un asciugamano piegato. Se non altro ero riuscito a mettere a posto la maggior parte delle cose ormai, e avevo un asciugamano per adulti da offrirle. Sebbene non mi sarebbe dispiaciuto vederla con un telo microscopico. E se avesse voluto farmi vedere la fica?

Mi schiarii la gola. «Ecco. Ti preparo della cioccolata calda.»

Cioccolata? Perché le avevo offerto quello? Non aveva quattro anni.

«O del tè? Diamine, del whiskey?»

Lei mi rivolse un sorriso esausto. «La cioccolata sembra deliziosa.»

Okay, non ero troppo fuori strada. Mi sporsi oltre di

lei per aprire l'acqua calda nella doccia, dopodiché mi costrinsi ad andarmene.

Mentre me ne stavo fuori dalla porta del bagno in ascolto per assicurarmi che stesse bene – che non sarebbe svenuta battendo la testa – cercai di non immaginarla nuda.

Non mi permisi di chiedermi se la sua pelle avesse un sapore dolce quanto il suo odore.

Non c'era spazio nella mia vita per una femmina.

E poi, tutti conoscevano la regola degli umani: *non si esce con la propria vicina di casa.*

Io però non ero umano, mi stava dicendo il mio lupo.

7

—————

JOY

ME NE STAVO in piedi sotto il getto d'acqua calda. Ero ancora sotto shock, ovviamente. Mi tremavano le mani mentre mi facevo scorrere i palmi sulle braccia per sciacquare via la sporcizia. Ero disconnessa dal mio corpo. Un tantino stralunata.

Avevo dei pensieri in testa, però erano confusi.

Mi ero addormentata, ma il temporale mi aveva svegliata. Avevo guardato la sveglia sul comodino, trovandola spenta, per cui doveva essere mancata la corrente.

Giusto. Come avevo fatto a non notarlo? Anche a casa sua mancava la corrente. Ecco spiegato perché mi stavo facendo la doccia a lume di candela nel bagno del mio vicino sexy. Wow.

Aspetta.

Oddio! Wes. Era stato un eroe.

Ripercorsi il tutto, ricominciando da dov'ero rimasta. Il soffitto mi era crollato addosso. Un forte schianto. Il cartongesso era caduto ed ero stata avvolta dall'umidità. Avevo urlato. Poi avevo provato a spingermi via di dosso assi pesanti e cartongesso nel tentativo di scendere dal letto. All'improvviso, un uomo enorme era entrato dalla mia finestra. Con niente indosso a parte un paio di pantaloni del pigiama.

Aveva ribaltato il mio letto su un fianco come l'Incredibile Hulk.

Non mi consideravo il tipo da damigella in difficoltà, ma quello? Epico. E sì, rendeva il mio vicino sexy ancora più attraente. Era anche solo possibile?

Nudo con un asciugamano da bambina, e poi che balzava dentro una finestra rotta con i pantaloni del pigiama?

Marina aveva ragione: era burbero, ma gentile. Impetuoso. Protettivo e preoccupato.

Mi sentivo al sicuro in casa sua. Mi sentivo accudita nella sua doccia. Per una volta, qualcuno si stava prendendo cura di me ed era... bello.

Una volta finito di fare la doccia, il tremore era diminuito. Tuttavia, non mi sentivo a posto. Era come se avessi qualcosa di grosso incastrato nel petto o nella gola. Quasi che, in qualche modo, il temporale mi fosse entrato in corpo e a quel punto avessi avuto bisogno di farmi un grosso pianto per tirarlo fuori tutto.

Chiusi l'acqua e mi asciugai.

Non avrei potuto indossare di nuovo il mio pigiama. Era fradicio e sporco.

Qualcuno bussò piano alla porta e la maniglia girò. La mano di Wes, seguita da un forte avambraccio muscoloso, si insinuò nella fessura della porta tenendo una camicia di flanella. «Tieni. Ah, se ti serve qualcosa da mettere.»

Io emisi una risata gracchiante e presi la camicia. Doveva aver ascoltato l'acqua in attesa che la chiudessi per potermela dare. «Mi serve. Grazie.» Il tessuto era soffice e già indossato. Lo portai al naso e inalai.

Cupo e muschiato. Virile. Proprio come Wes.

Mi piaceva che fosse sua. Infilai le braccia nelle maniche e mi ricadde sulle spalle come una coperta calda. Mi arrivava fino a metà coscia e dovetti arrotolarmi le maniche.

Aprii la porta e la luce della candela si riversò su Wes in piedi nel corridoio. Era appoggiato alla parete opposta, si sfregava la nuca come se fosse stato insicuro della mossa successiva. Si era asciugato e cambiato anche lui, con un paio di pantaloni del pigiama diversi. I suoi tatuaggi erano di nuovo in bella mostra.

«Stai bene?» mi chiese. Era buio, la luce della candela mi offriva giusto il bagliore necessario a scorgere il suo sguardo che mi scorreva lungo il corpo, come a controllare di nuovo che non fossi ferita.

Era successo qualcosa di brutto, ma non lo stavo affrontando da sola. Non ero bloccata in quel disastro. Ero al sicuro e avrei potuto occuparmi dei problemi che si sarebbero presentati l'indomani. Non dovevo essere allegra e sorridente. Non dovevo essere forte in quel momento.

Bah. Fu per quello che le sue due parole mi fecero salire le lacrime agli occhi. Per quanto avessi bisogno di sfogare quell'energia in qualche modo, piangere era l'ultima cosa che volevo fare col mio vicino. Piangere non risolveva mai nulla. Non ero ferita. Stavo bene. Ero intatta.

Chinai la testa. «È solo... Credo di essere un po' nervosa per via dell'adrenalina che ho in corpo e... già, mi sento come se avessi bisogno di correre una maratona o qualcosa del genere.»

«Devi tirarla fuori,» disse lui, come se fosse stato un veleno.

Io sollevai lo sguardo. «Cosa?»

«L'adrenalina in eccesso. Altrimenti crollerai.»

Tirarla fuori. Esattamente. Dovevo sbarazzarmi di quell'adrenalina in eccesso. All'improvviso, seppi cosa fare.

Agii d'impulso. Il mio cervello era troppo in corto circuito per riflettere più di tanto al momento. Mi limitai ad avanzare verso Wes e attirare il suo viso al mio.

Le nostre bocche si scontrarono. Io fui energica. Aggressiva. Ci misi un po' di lingua.

Il suo braccio mi si avvolse attorno al fondoschiena e la camicia sbottonata che mi aveva dato da indossare si aprì, scoprendomi. Lui, però, indietreggiò, interrompendo il bacio. «Wow.»

Io slacciai subito le braccia dal suo collo e mi leccai le labbra. «Scusa.» Feci per voltarmi, ma lui sfruttò il braccio che aveva attorno alla mia vita per tenermi ferma. «Scusa, è solo...»

Lui mi scrutò in viso, la luce tremolante della candela che accentuava i lineamenti decisi della sua mandibola.

«Avevo bisogno di sfogarmi un po'. Come hai detto tu.»

«Mi occupo io di te.»

Mi lanciai un'occhiata alle spalle lungo il corridoio. «E Remy?» chiesi. «Sta ancora bene?»

Lui ghignò. «Dorme ancora, nonostante tutto. Se riesce a dormire durante un temporale simile, saprà dormire anche mentre ti scopo per bene.»

Sì. Volevo essere scopata per bene. Wes. Sopra di me. Dentro di me. Senza che si trattenesse.

«So di cosa hai bisogno,» aggiunse, invadendo il mio spazio.

Rispose con le proprie labbra. Un contrattacco energico quanto lo era stato il mio. E pure di più. Quando la sua mano corse al mio sedere nudo e mi sollevò, io gli avvolsi le gambe attorno alla vita e lui mi portò in camera sua.

Volevo Wes. Volevo quella cosa. Ne avevo bisogno.

8

WES

Cazzo, sì, aveva un sapore buonissimo. Buono quanto il suo odore che mi stava sfregando su tutta la pelle.

Il mio lupo stava praticamente ululando soddisfatto.

Avevo il cazzo duro come una roccia.

Il culo di Joy mi riempiva la mano alla perfezione. Florido e pieno. Il suo seno mi premeva contro il petto e io riuscivo a sentire i suoi capezzoli duri.

Era famelica di me. La sua bocca veniva incontro alla mia con la stessa intensità. Le sue mani mi scorrevano sulla schiena nuda, il petto, e la mia pelle si infiammava ovunque mi sfiorasse.

Dopo aver chiuso con un calcio la porta alle nostre spalle, la feci sdraiare sul letto, interrompendo il bacio solo quando non bastò più. Avevo bisogno di assaggiare il resto di lei.

La mia bocca si spostò lungo la sua mandibola e il suo collo. Percepivo il battito frenetico del suo cuore sotto le labbra.

Poi mi spostai più in basso. La sua clavicola.

Per quanto avesse le braccia infilate nella camicia che le avevo dato da indossare, non la copriva affatto. Era nuda per me.

Presi un capezzolo in bocca e succhiai. Forte. Con la mano, stuzzicai quello rimasto. Lo strattonai. Provai a vedere come le piacesse. Le piaceva delicato, o c'era una creatura selvaggia dentro di lei?

Ebbi la sensazione di conoscere la risposta perché trasalì quando la stuzzicai con forza. Si dimenò. *Gemette.*

Mi spostai da un lato all'altro.

Lei cominciò a dimenarsi, le mani che mi si infilavano tra i capelli.

«Wes,» ansimò.

Io mi spostai più in basso, girai attorno al suo ombelico con la lingua. Poi mi calai a terra. Strattonandole le caviglie, la attirai a me senza sforzo per poi farle passare le braccia attorno alle cosce.

Il suo odore era più forte, lì. La sua fica era pronta e bagnata, ormai, e non per via della doccia o del temporale.

Feci scorrere la punta di un dito sulla sua fessura, ricoprendolo del suo dolce succo. Me lo infilai in bocca.

Cazzo, era buonissima. Dolcissima. La punta del mio cazzò si bagnò per la voglia di infilarmi dentro di lei. Di ricoprirmene.

«È tutto per me questo, dolcezza?»

«Dolcezza?» Aveva la voce ansimante.

«È così il tuo sapore. Dolce. Appiccicoso e delizioso.» Feci scorrere di nuovo la lingua tra i suoi succhi. «Ecco cosa succederà. Ti leccherò fino a quando non mi verrai tutta in faccia. Dopodiché ti scoperò.»

«Sono pronta.» Abbassò lo sguardo lungo il proprio corpo fino a me. Le sue tette si alzavano e abbassavano a ogni respiro.

«Per il mio cazzo? Non l'hai nemmeno ancora visto per sapere cosa ti attende. Devo prepararti per me.»

Lei aprì le labbra in un lento sorriso. «Ne ho avuto un'anteprima ieri,» mi ricordò.

«Dolcezza, non era duro all'epoca.»

I suoi occhi brillarono comprensivi. Ciò che aveva visto non era ciò che le avrei dato in quel momento. «Fammi vedere.»

Io le lasciai andare le cosce e mi alzai in mezzo alle sue gambe aperte. Mi calai i pantaloni del pigiama facendoli cadere a terra ai miei piedi.

Afferrandone la base, mi menai il cazzo da cima a fondo. Ci volle un po' perché ce l'avevo grosso. Molto grosso. Le donne con cui ero stato in passato mi avevano accolto, ma non era stato facile. Doveva piacere loro farlo brusco. Doveva piacere loro averlo a fondo. Dovevano... diamine, essere pronte a non camminare bene il giorno dopo.

«Oddio.» Joy si leccò le labbra.

Si tirò su e si mise a quattro zampe per me. Poi la sua lingua saettò sulla punta.

«Cazzo,» ringhiai io, schizzandole sulle labbra. Decisamente selvaggia.

Il suo sguardo si sollevò sul mio e vedere la sua bocca a un soffio dal mio cazzo? Sarei venuto solo così.

«No. Cattiva ragazza.» Allungai una mano e la sculacciai. Non fu poi così forte, ma lo schiocco riverberò per la stanza.

Lei piagnucolò. «Ma è così grosso, lo voglio in bocca, voglio assaggiarlo...»

Doveva smetterla di parlare. Non sarei riuscito a sopportare un'altra parola su cosa volesse fare con le sue labbra e il mio cazzo. Magari infilarglielo in bocca l'avrebbe zittita.

Ma no.

No, avevo bisogno di assaggiarla. Di farla venire con la mia faccia tra le sue cosce. Dovevo in qualche modo imprimermi il suo odore sulla pelle. Su tutta la barba.

«Se vuoi prenderti il mio cazzo in gola, puoi farlo più tardi. Quando avrai la fica indolenzita per essere stata sbattuta e avrai bisogno di un po' di tempo per riprenderti. Se continui a fare la cattiva ragazza, posso scoparmi anche quel culo.»

Le chiuse la bocca di scatto, ma non arrossì né mi disse di no. In effetti, si dimenò e il mio olfatto da lupo colse un grosso sentore di eccitazione.

Le piaceva quell'idea. Le piaceva che le parlassi sporco. Che assumessi il controllo. Che la maneggiassi a mio piacimento.

Forse perfino fare la *cattiva ragazza*. Forse perfino prenderselo nel culo, un giorno.

«Per ora, dolcezza, farai come ti dico.»

Dopo averla afferrata sotto le ascelle, la sollevai e la gettai sulla schiena. Lei trasalì, ma ridacchiò anche. Io la rimisi in posizione e la tenni stretta così che non potesse muoversi. Oh, le avrei permesso di alzarsi se l'avesse davvero voluto, ma non era così. Lo sapevo. In qualche modo, sapevo di cosa avesse bisogno. La tenni così che potesse a malapena dimenarsi una volta che le avrei messo la bocca sulla fica e gliel'avrei divorata, cazzo.

9

JOY

Porca puttana.

PORCA PUTTANA.

Quello non era sesso. Non poteva esserlo. L'avevo fatto nel modo sbagliato. Con le persone sbagliate.

Perché Wes. Dio. La sua bocca. Le sue mani. Il suo corpo. Il suo cazzo. Il suo *parlare sporco.*

Tutto glorioso.

Era autoritario a letto quanto lo era fuori dalle lenzuola. In realtà, non era ancora nemmeno salito sul letto. Era in ginocchio per terra e mi aveva già procurato due orgasmi. E solo con la bocca e la lingua. Ora mi stava infilando un dito dentro mentre la sua lingua faceva cose al mio clitoride che non avevo saputo fossero possibili.

Un dito. Poi due. Poi tre. A fondo. Che si arricciavano. Che mi allargavano.

Tutto ciò che potevo fare io era starmene sdraiata lì a subire.

Perché il signor Autoritario aveva detto così.

E la mia figa lo ADORAVA.

Il terzo orgasmo mi scosse facendomi sudare e accasciare.

Wes, però, non aveva ancora finito. Quella era solo la prima parte di ciò che aveva detto di avere in mente.

La successiva... sbattermi.

Mi sollevò come se non fossi pesata più di una piuma – e non fossi stata la *tipa grossa* come mi avevano spesso chiamata – e mi posizionò con la testa sui cuscini.

A quel punto... finalmente, mi salì addosso.

«Mani sulla testiera.» Mi prese un polso tra le dita e me lo sollevò sopra la testa. Il suo tocco fu delicato, sebbene il motivo per cui volesse che mi aggrappassi alle bacchette di legno era che non aveva intenzione di essere delicato a lungo.

Io sollevai l'altro braccio e avvolsi le dita attorno al legno solido.

Poi lui si sedette sui talloni tra le mie cosce aperte e si masturbò. Come a stuzzicarmi. Poi, si allungò verso il cassetto del comodino. «Indosserò una protezione per te, dolcezza, ma voglio che tu sappia che sono pulito.»

«Io prendo la pillola,» gli dissi.

Lui mi guardò per un istante come a riflettere. Solo per un istante, perché si gettò il preservativo alle spalle. «In tal caso, lo facciamo senza.»

Io sorrisi. Quel tipo era tutto cowboy e io lo *adoravo*, diamine.

«Sei pronta?»

Io annuii. «Sì. Ti prego. Ne ho bisogno.»

«Esatto, eccome.»

Posò una mano accanto alla mia testa, si spostò sopra di me e mi stuzzicò l'apertura.

«Prendimi come una brava ragazza.»

Poi mi riempì. Non lentamente, ma in una sola spinta forte.

«Wes!» urlai inarcando la schiena. Lui aveva lo sguardo su di me.

Mi guardava e restava fermo.

Dovetti dimenarmi per adattarmi, i miei muscoli interni che fremevano per accoglierlo. Ce l'aveva grosso. Aveva avuto ragione lui: se non mi avesse preparata con quegli orgasmi e le sue dita, avrei anche potuto essere bagnata, ma non sarebbe bastato per prenderlo.

Lui lo sapeva. *Lo sapeva.*

Ora? Era tanto, ma era fantastico. Soprattutto quando lui si tirò piano indietro per poi spingersi di nuovo a fondo.

Una volta. Poi ancora. E ancora, fino a quando non assunse un ritmo frenetico. I nostri corpi sbattevano l'uno contro l'altro. I nostri fiati si mischiavano. Io mi tenevo stretta alla testiera per impedirmi di spostarmi.

Era ciò di cui avevo avuto bisogno per liberarmi della tempesta che mi attanagliava il petto. Era così che ci si faceva scopare.

«Porca puttana.»

Poi lui si fermò, a fondo dentro di me.

Ebbi un attimo per domandarmi il motivo, ma poi lui ci fece rotolare così che io gli stessi sopra. Ora era lui appoggiato alla testiera, quasi seduto. Io mi trovavo tra il suo petto e le sue ginocchia piegate.

«Oh,» dissi quando il suo cazzo scivolò ancora più a fondo dentro di me. Poggiai le mani sul suo petto per poi sporgermi a baciarlo.

Non riuscivo a stare ferma. Dovevo muovermi. Mi dimenai mentre le nostre lingue si intrecciavano, ma quando provai a sollevarmi, dovetti tirarmi indietro.

Le sue mani corsero ai miei fianchi e lui mi aiutò a stabilire un ritmo. Su, giù, in cerchio. Il mio clitoride sfregava contro la sua base e ci ero di nuovo vicina.

Wes lo *sapeva* e cominciò a sollevarmi e lasciarmi cadere. I suoi fianchi si impennavano per venirmi incontro.

«Così. Scopati sul mio cazzo. Ogni centimetro, dolcezza, ti stai prendendo ogni centimetro. È tutto per te.»

I miei seni sobbalzavano. La mia testa cadde all'indietro. Mi limitai a percepire mentre scopavamo.

Sudati. Sporchi.

Perfetti.

Quando venni di nuovo, mi sentii bagnare di più. Urlai e continuai a muovermi per inseguire il piacere. La presa di Wes si strinse e lui si spinse a fondo. Si tenne fermo e ringhiò.

Letteralmente. Ne percepii il riverbero sotto le mie mani sul suo petto.

Percepii il modo in cui il suo cazzo si inspessì un attimo prima che gli schizzi caldi del suo seme mi riempissero.

Mi accasciai su di lui e lui mi avvolse tra le braccia. Riuscivo a sentire il suo cuore battere. A percepire il suo calore. La sua forza.

I rumori del temporale tornarono a raggiungermi. Il vento che soffiava. La pioggia. Il rombo distante di un tuono.

Ma il temporale non era più dentro di me.

Non sentivo le lacrime occludermi la gola. Né la pressione degli istinti di sopravvivenza intrappolati come uccelli nel mio petto.

Wes scivolò sul materasso così che fossimo sdraiati sul letto e tirò le coperte sopra di noi. Eravamo ancora connessi mentre mi dava un bacio sulla testa.

«Meglio?»

«Molto,» mormorai.

«Ho preparato la cioccolata calda mentre eri sotto la doccia, se la vuoi ancora.»

Io avevo già gli occhi chiusi. «No, sono a posto.»

Lì tra le braccia di Wes, nel suo letto, mi sentivo al sicuro.

Mi sentivo... sbattuta. Avrei fatto fatica a camminare l'indomani.

Sorrisi mentre scivolavo nel mondo dei sogni.

10

WES

Sgattaiolai fuori dal letto all'alba prima che Remy si svegliasse e fissai la bella addormentata sotto le mie coperte. I lunghi capelli biondi di Joy erano sparsi sul mio cuscino. Erano davvero come l'oro filato delle fiabe di Remy. Del colore del sole d'estate. Di caos e felicità.

Lei era una presenza così luminosa nel mio letto. Perfino addormentata, trasudava solarità.

In contrasto con le mie cupe nubi temporalesche. Con la funzione meccanica del mettere un piede di fonte all'altro giorno dopo giorno in modo da superare le giornate. Per mantenere una certa stabilità per la mia cucciola.

La sera prima, però, Joy aveva avuto bisogno di me. Il nostro interludio era stato... inaspettato.

Non programmato.

Ma per il Destino, era stato bello.

Era sembrato giusto.

Lei era un'amante insaziabile. Passionale. Creativa. Selvaggia. Sin dal primo bacio, mi era sembrato di conoscerla a livello istintivo. Di sapere cosa necessitasse. Ciò che la eccitava e la portava all'orgasmo.

Tutto ciò che voleva, lo bramavo anch'io.

Il suo odore adesso mi impregnava la pelle. Era sulle mie lenzuola. Riempiva la stanza.

E, come la sera prima quando l'avevo presa in braccio per la prima volta nella sua camera distrutta, ebbi la forte sensazione che il suo odore fosse... *perfetto*.

La fissai, ma ora in maniera un po' diversa.

Aspetta... *cazzo!*

Joy era...

Era *la mia compagna*?

Mi passai una mano sulla barba. Lei?

Non poteva essere. Era umana! E tutto ciò che io non ero. Non stavamo bene insieme, affatto. Io non potevo avere una compagna predestinata che fosse così... felice.

Nel mio branco natio, nessuno aveva mai sentito parlare di una compagna predestinata umana. La maggior parte dei ragazzi lì al Wolf Ranch, però, a parte Rob, avevano compagne umane.

Compagne *predestinate* umane.

Non solo partner con cui avere una relazione. Ma compagne biologiche. Le femmine umane avevano acceso l'istinto dei loro lupi di marchiarle per l'accoppiamento. Il che significava che la natura aveva davvero inteso che stessero insieme.

A me era stato insegnato a fidarmi del mio lupo. A fidarmi dei suoi istinti. Gli animali percepivano cose che agli umani erano precluse.

L'avevo insegnato anche a Remy.

Il mio lupo mi stava dicendo che Joy era la mia vera compagna? La femmina che era stata messa su quel pianeta solo per me?

Era per quello che eravamo stati tanto in sintonia la sera prima? Che avevo conosciuto il suo corpo?

Mi si rizzarono i peli sulle braccia. Mi si formò un nodo in gola all'idea che tutta quella solarità appartenesse a *me*.

E anche a Remy.

Ma quel pensiero mi fece tirare le redini.

Cazzo. Il Destino ci aveva giocato un brutto tiro con il fatto che la madre di Remy fosse una fannullona. La madre della mia bambina l'aveva abbandonata. Ogni volta che Remy mi chiedeva di lei, io dovevo spiegarle che non se n'era andata perché c'era qualcosa che non andava in lei, che anzi era perfetta e adorabile. Nessuno avrebbe mai dovuto nutrire quel genere di dubbi, specialmente non una bambina. Non la mia Remy.

Quello che era successo con Joy avrebbe potuto ferirla di nuovo. Ferirla ancora di più. Se pensavo che una madre assente fosse fonte di dolore per Remy, non osavo immaginare come si sarebbe potuta sentire confusa e addolorata se avesse pensato di stare per avere una nuova mamma per poi scoprire che la cosa non avrebbe funzionato.

Joy non era una mutante. Non comprendeva cosa fosse un compagno. Come il Destino in teoria ci avesse messi assieme. Che io dovessi marchiarla e imprimerle il mio odore per farla mia per sempre.

Lei non sapeva nulla di tutto quello.

Forse il Destino aveva scelto Joy per me, ma non c'era alcuna garanzia che Joy avrebbe scelto me – *noi* – a sua volta. Soprattutto perché assieme a me c'era anche qualcun altro.

Il rumore leggero di piedini che colpivano il pavimento mi salvò dal fare qualcosa di stupido tipo trasformare quella "cosa in qualcosa", tipo un per sempre. Uscii in fretta dalla camera da letto e chiusi la porta.

«Ciao, papà.» Remy emerse da camera sua col volto assonnato e i capelli tutti scompigliati.

«Sss.» Mi portai un dito alle labbra. «C'è Joy che dorme lì dentro.» Lo dissi con una voce bassa che sapevo l'udito fine di mia figlia avrebbe comunque colto. Indicai la porta chiusa.

Il piacere sul viso di Remy sembrò riassumere i miei sentimenti nell'avere Joy a casa. Le si illuminarono gli occhi e mi rivolse un gran sorriso. «Davvero?» sussurrò a sua volta. «Ha dormito qui?»

La presi in braccio e la portai in cucina, così che potessimo fare un po' più di rumore. «Già. C'è stato un temporale ieri notte e un albero è caduto sul suo tetto. Vedi?» Tenni Remy sollevata alla finestra della cucina così che guardasse fuori. Il temporale era passato da tempo; il cielo quella mattina era chiaro e luminoso. Mi sorprendeva ancora che Remy avesse dormito per tutto il tempo.

Lei trasalì.

Mi si contorse lo stomaco alla vista dei danni alla luce del giorno. Sembrava esserci stata un'apocalisse. Un ramo d'albero dentro la casa di Joy aveva aperto un buco nel tetto e nella parete laterale. Riuscivo a vedere l'armatura e il materiale isolante fradicio.

Joy avrebbe potuto morire! Se fosse stata una mutante, sarebbe rimasta ferita, ma sarebbe guarita in fretta. Se l'albero o una qualunque delle grosse travi della casa l'avessero colpita, io avrei perso la mia compagna predestinata.

Quel pensiero mi raggelò. E se avessi scoperto che la

mia compagna predestinata viveva nella porta accanto solo quando fosse stato troppo tardi?

No. Non era quello. Mi sarei preoccupato per chiunque se fosse rimasto ferito a quel modo. Qualunque vicino di casa.

«Sta bene?» chiese Remy, il mento che tremava.

Frenai i pensieri catastrofici prima che assumessero ulteriore peso. Joy era al sicuro nel mio letto. L'avevo portata a casa e l'avevo scopata fino a farle dimenticare la paura e il trauma. Mi ero preso cura della sicurezza e delle necessità della mia compagna senza nemmeno rendermi conto che fosse mia.

«Tranquilla, sta bene. A volte capitano grossi pasticci, proprio come con quel temporale.»

«Può continuare a stare qui?»

Scossi la testa. «Ha una casa tutta sua. Sono certo che qualcuno oggi riparerà il buco nel tetto e la finestra così che stanotte possa dormirci.»

Lei ci rifletté per un istante, all'apparenza soddisfatta prima di chiedere: «Posso andare a vedere il pasticcio del temporale?»

«*No.*» Risposi con un po' troppa enfasi, forse infusi un comando alfa nella mia voce, cosa che la immobilizzò.

Poteva anche essere un lupo con un udito eccellente, ma era comunque pericoloso laggiù.

Remy era abituata alla mia scontrosità, ma il

comando alfa le fece sporgere il labbro inferiore. I suoi grossi occhi castani si riempirono lacrime.

Io rimpiansi subito la mia reazione. «Scusa, piccola. Papà non vuole che tu ci vada perché potrebbe crollare un'altra porzione di tetto. Quei pasticci da temporale sono pericolosi. Non voglio che tu ti faccia del male. Mai.»

Lei continuò a rivolgermi i suoi occhioni da cucciola ferita e io la strinsi a me. «Non volevo spaventarti. L'ho fatto?»

Remy annuì con il labbro inferiore ancora sporto in avanti in maniera adorabile. Quella bimba mi teneva ben stretto nel suo piccolo pungo.

La adagiai sul bancone e le diedi un bacio sulla testa.

«Cos'è questa?» si illuminò, trovando la cioccolata ormai fredda e mai bevuta di Joy sul bancone accanto ai fornelli

«Oh. L'avevo preparata per Joy, ma non è più buona, ormai.» Le presi la tazza prima che potesse assaggiarla e la rovesciai nel lavandino.

«Aspetta! Papà!» esclamò lei.

«Facciamo così. Se mangi due uova e due fettine di bacon per colazione, ti preparo della cioccolata calda. Va bene?»

Di solito non le permettevo di assumere così tanti zuccheri o caffeina la mattina, ma toglierle di mano una tazza piena di cioccolata per buttarla via era piuttosto offensivo, anche se probabilmente il latte era andato a male.

Lei si rallegrò subito. «Okay.»

Le permisi di restare sul bancone mentre recuperavo una padella dalla credenza sotto di lei.

«Buongiorno.»

Il mio lupo ringhiò la propria approvazione quando Joy entrò in cucina tutta arruffata dal sonno, con ancora indosso la mia camicia di flanella – abbottonata, stavolta – che le arrivava alle cosce. Cazzo, era talmente bella che avrei potuto mangiarmela.

«Joy!» Remy balzò giù dal bancone e corse da lei, che emise un piccolo verso sorpreso quando le sue gambe furono strette in un abbraccio.

Ora che sapevo che Joy era la mia compagna, ogni parola che pronunciava nei confronti di mia figlia era significativa.

Il suo sorriso sbarazzino, la luminosità del suo viso e il modo in cui abbracciava Remy e le scompigliava i capelli significavano tutto.

Avrei voluto gettarmela in spalle e riportarla a letto per un altro round.

Il mio cazzo si destò al pensiero.

Però no. Dovevo spingerla fuori dalla porta prima che Remy sviluppasse un attaccamento emotivo.

Diamine, non sapevo nemmeno se Joy *volesse* un

altro round con me. La sera prima aveva sfogato l'adrenalina. Aveva cercato di dissiparla dopo l'incidente.

Forse io ero stato solo un mezzo per ottenere quello scopo.

Di certo non voleva dire che fosse pronta a trasferirsi da me o a permettermi di marchiarla. A sposarmi, se fosse stato ciò di cui avesse avuto bisogno. Non significava che fosse pronta a prendersi un impegno con mia figlia.

E quello importava. Non potevo permettere che Remy si legasse a lei per poi farsi spezzare il cuore nel caso in cui Joy non fosse stata interessata a noi.

Dovevo giocarmi bene le mie carte. Joy era umana e non mi riconosceva come suo compagno. Johnny, uno dei ragazzi che lavorava al ranch con me, mi aveva detto di aver dovuto far sì che la sua nuova compagna umana Emma si innamorasse di lui. Aveva bussato alla sua porta per uccidere il suo capo e aveva scoperto che lei era la sua compagna predestinata. Aveva dovuto cambiare approccio, e in fretta.

"Far" innamorare una femmina umana era già abbastanza difficile, ma provarci se una bambina di quattro anni faceva parte del pacchetto era tutta un'altra storia.

Soprattutto quando io non ero proprio Romeo. Diamine, ero quanto di più distante ci fosse. Avevo la peggior lista di insuccessi con le femmine. Ero diventato il padre single scorbutico che non sapeva come pianificare un appuntamento. Diamine, i mutanti non andavano agli *appuntamenti*.

Ripensandoci, non ero stato in grado di soddisfare la mamma di Remy, Soraya, in nulla. D'accordo, l'avevo soddisfatta con un orgasmo quella volta che avevamo scopato durante una corsa con la luna piena.

Da allora, nient'altro. Lei era stata bisognosa di attenzioni. Sempre infelice. Era scappata via alla prima occasione. Io non le ero bastato. Non avevo alcuna certezza che avrei saputo come soddisfare ogni necessità emotiva, fisica e sessuale della mia compagna predestinata.

E un'umana? Con tutta quella cazzo di solarità? L'avrei oscurata con tutte le mie nubi.

L'avrei rovinata.

Fino a quel momento, tutto ciò che avevo fatto era stato dire a Joy come me la sarei scopata e che era stata una cattiva ragazza per non avermi obbedito. Oh già, e le avevo sculacciato quel bellissimo culo. Forse era stato eccitante da morire, ma non era un appuntamento. Non era un per sempre.

Lei aveva voluto una notte di sesso? L'aveva avuta. Oh, l'aveva avuta eccome.

Ma io non avevo la minima idea di come farla innamorare.

Né – cosa molto più importante – *restare*.

Poi, però, lo sguardo di Joy incrociò il mio e quel calore sciolse qualunque dubbio.

Fui ricoperto da un senso di correttezza che spazzò via qualunque mia obiezione.

Aprii il frigo per prendere le provviste. «Che te ne pare di uova strapazzate e bacon?» le chiesi.

Lei lanciò un'occhiata alla propria casa fuori dalla finestra, l'espressione piacevole sul suo viso svanita. «Devo fare alcune telefonate per i danni.»

«La casa può aspettare,» dissi deciso, sebbene sarebbe stato meglio per Remy se avessi cacciato Joy fuori dalla porta. Tuttavia, il mio lupo non riusciva a sopportare l'idea di non nutrirla. Il bisogno di prendermi cura di lei e provvedere a lei era troppo forte. «Ti serve un buon pasto prima di occuparti di telefonare alla tua assicurazione e gestire tutto quel casino.»

Remy la prese per mano e la condusse al tavolo della cucina.

Tuttavia, Joy esitò.

«Siediti e mangia.» Sembravo burbero. Spaventoso. Forse perfino intimidatorio. Dovevo lavorare su quella cosa, cazzo.

Remy tirò indietro una sedia e la picchiettò. «Se mangi due uova, avrai della cioccolata calda.»

Con sollievo del mio lupo, la mia bellissima vicina si lasciò andare sulla sedia. «Tuo papà è autoritario, non è vero?» Aveva un tono di voce leggero, ma quando mi guardai alle spalle, colsi una certa eccitazione e un doppio senso nell'occhiata che mi lanciò.

Come se mi avesse *voluto* autoritario.

Se avesse voluto che fossi il tipo che se la scopava con forza e le diceva cosa fare.

Come se le fosse perfino piaciuto essere la mia cattiva ragazza, a volte.

Cazzo, ero nei guai.

11

JOY

Due ore più tardi, con lo stomaco pieno di uova e cioccolata, me ne stavo nella mia camera da letto distrutta. I pavimenti in legno erano gonfi per via della pioggia. C'erano macerie ovunque.

Avevo chiamato l'assicurazione e avevo inviato loro delle foto che avevo fatto col cellulare. Tuttavia, non ero l'unica cliente nella zona ad aver inviato una segnalazione per via del temporale, per cui mi avevano detto che avrebbero fatto arrivare un perito nel giro di due o tre giorni. Prima, se possibile.

«Due o tre giorni,» borbottai, fissando il mio letto ribaltato.

Mi ricordai che Wes l'aveva sollevato con facilità e girato su un fianco. Sapevo per esperienza personale che aveva dei bei muscoli, ma di certo lavorare su un ranch lo rendeva forte.

Mi si contrasse la fica al ricordo della sera prima. Ero indolenzita e, per uno o due giorni, non mi sarei dimenticata cosa avevamo fatto. Tutto per via del temporale. Per via dell'adrenalina.

Perché... io avevo desiderato Wes e, la sera prima, non c'era stato nulla che mi avrebbe impedito di averlo. Già, un temporale aveva tirato fuori la mia zoccola interiore.

Aveva anche tirato giù il mio tetto e il mio soffitto.

Il cartongesso si era rotto come un guscio d'uovo sopra a tutto. L'isolante era un mucchietto peloso, ma fradicio al centro del pavimento. Come triste zucchero filato. Sollevai lo sguardo verso il buco nel soffitto. Riuscivo a scorgere altro isolante e l'intelaiatura e oltre. E poi, c'era il ramo. Si trovava all'interno del buco e altri rami più piccoli avevano attraversato il cartongesso cadendo qua e là sul pavimento della mia camera.

«Ho sempre voluto un lucernario,» dissi tra me, vedendo il cielo azzurro attraverso il buco nel tetto. No. Non poteva restare così. Avevo della tela cerata in garage che avrei potuto stendere sul buco fino a quando non si fossero potute effettuare le riparazioni.

Il mio cellulare squillò. Lo presi, nella speranza che fosse il perito dell'assicurazione che mi diceva che sarebbe potuto passare qualcuno quel giorno quantomeno a rattoppare il tetto.

«Cavolo.» Risposi alla chiamata perché non sapevo mai in che stato emotivo avrei trovato mia madre. Spesso aveva bisogno che la convincessi a parole a non fare qualche pazzia, e non sempre in senso metaforico. Quella donna soffriva di depressione. «Ciao, mamma.»

«Ciao, tesoro.»

Si intuiva dalla voce che era stressata.

Oh cielo.

«Che c'è?»

C'era sempre qualcosa. Che si trattasse di una tragedia tra lei e le sue sorelle o il suo capo a lavoro o il fatto che avesse visto mio padre in città, c'era sempre qualcosa che innescava le sue crisi.

«Oh, tesoro, non crederai a cosa è successo. Il condizionatore che mi hai comprato si è danneggiato durante il temporale di ieri sera.»

«Oh no!»

Eravamo nel Montana. I condizionatori erano rari perché non faceva mai poi così caldo. Forse una settimana di temperature fastidiose, ma la notte l'aria si rinfrescava. Tuttavia, ne avevo comprato uno a mia mamma qualche anno prima perché tutte le sue allergie la rendevano talmente nervosa che faticava a dormire. La gente depressa che non riposava bene poteva peggiorare in fretta. Sapevo che dell'aria fresca e filtrata avrebbe aiutato con le sue allergie e il sonno.

«È terribile! Non so che cosa fare. Pensi che l'assicurazione lo coprirà per via del temporale?»

Io sospirai, guardando il *mio* incubo assicurativo. «Sì, ma probabilmente la franchigia non ne varrà la pena.»

«Oh.» Era proprio giù.

'Fanculo. Non avevo i soldi necessari, ma avrei trovato un modo. «Mamma, chiama un'azienda di impianti d'areazione che venga a occuparsene.»

«Non penso di potermelo permettere se non pagherà l'assicurazione,» disse con tono debole.

Lavorava part time come receptionist in un ufficio contabile. Prima che i miei genitori divorziassero, aveva fatto la casalinga. Aveva cucinato biscotti, fatto la rappresentante di classe. Era dipesa da mio padre in tutto. Era stata la loro dinamica. Dopo il divorzio, perfino dopo tutti quegli anni, non si era mai davvero ripresa. Non sarebbe mai riuscita a prendersi cura di se stessa, né dal punto di vista economico, è emotivo. Piangeva. Si disperava. Ci provava, ci provava davvero. Sembrava dare un senso alla propria vita, ma poi capitava qualcosa che la scoraggiava e il suo mondo crollava di nuovo.

Non sapeva risolvere i propri problemi da sola. Il suo

stato emotivo la portava a chiudersi in se stessa se le cose si facevano complicate o confuse o c'era bisogno che compisse qualche sforzo.

Ero stata io a prendermi cura di lei sin da quando mio padre le aveva chiesto il divorzio.

Dipendeva da me.

Sapevo che la depressione non aveva senso. Mia madre non capiva che avrebbe dovuto essere lei l'adulta. Il genitore.

Da adolescente, ero stata la sua spalla a cui appoggiarsi. L'avevo ascoltata lamentarsi di papà un attimo prima per poi piangere quanto l'amasse ancora quello dopo. Ero stata io a pagarle le bollette. A stabilire un budget. A trovare un lavoro alla tavola calda dopo la scuola per racimolare qualche soldo in più, e poi più tardi al Saloon di Cody, quando lei aveva perso l'ennesimo lavoro perché non era riuscita ad alzarsi dal letto.

Nel corso degli anni, non era cambiato nulla. Lei era ancora depressa. Aveva ancora bisogno che io la salvassi.

«Clyde non ti fa fare qualche ora in più?» le chiesi, riferendomi al suo capo attuale. «Sai che ha una cotta per te da anni. Quante volte ti ha chiesto di uscire? Farebbe di tutto per te.»

«Qualche ora in più?»

«Sì. Straordinari per coprire i costi del condizionatore.»

«Tuo padre avrebbe dovuto...»

Sospirai. Di nuovo papà. Dio. I miei genitori si erano scontrati per anni in un dibattito per la mia custodia e chi avrebbe dovuto pagarmi gli alimenti, cosa che era terminata quando avevo compiuto diciott'anni e lui si era trasferito a Missoula.

«Papà se n'è andato molto tempo fa. Non pagherà mai quegli alimenti che ti deve. Fatti concedere qualche straordinario da Clyde. O meglio ancora, digli di sì per un appuntamento e lascia che ti porti fuori a cena.» Sogghignai al pensiero di lei a un appuntamento.

Lei sospirò. «Sono troppo vecchia e...»

«Non lo sei. Clyde non te lo chiederebbe di continuo se non fosse interessato. A *te*.»

«Sì. Forse hai ragione. Ci penserò. È solo che non credo riuscirò a sostituirlo prima dell'inizio del mese e fa *così* caldo.»

«Lo so, mamma,» dissi io allegra. «Mi è caduto un albero sul tetto ieri sera e adesso c'è un grosso buco nel mio soffitto.»

Mia madre trasalì.

Oops.

Ecco perché non avevo voluto dirglielo. Avrebbe avuto una vera e propria crisi al riguardo quando in realtà non si trattava di nulla che non potessi gestire.

«Joy! Tesoro, stai bene? È terribile! Hai chiamato i pompieri? Cosa farai? Oh no. È terribile.»

«Non è terribile, mamma. Suppongo sarà un'avventura. Sarà come fare campeggio in casa mia per un po' fino a quando non riuscirò a farlo riparare. Mi stavo giusto dicendo che ho sempre voluto un lucernario.»

Mia madre emise un altro sussulto inorridito. «Joy, non puoi restare lì. Tesoro, non è sicuro. E – oddio – probabilmente ti verrà la muffa!» esclamò. «Ci sono stati danni dovuti all'acqua? La muffa può causare ogni genere di problemi di salute. Oh, è un incubo.» Nella mia mente, riuscivo a vedere mia madre che faceva avanti e indietro nella sua cucina torturandosi le mani. «Dovrei venire lì a darti una mano?»

«No,» mi affrettai a dire. L'ultima cosa che mi serviva era quella nuvola grigia di mia madre lì a "darmi una mano".

«Me ne sto occupando,» la rassicurai. «L'assicurazione coprirà i costi di riparazione. Non preoccuparti per me. Tu preoccupati di chiamare i tipi per il condizionatore, okay?»

«Oh. Be', forse,» disse lei.

Non aveva intenzione di chiamarli né di dire sì a Clyde. Avrebbe solo sofferto e fatta impazzire raccontandomi di come non sarebbe riuscita a dormire la notte senza aria condizionata.

Bah. Però io non avevo le energie mentali necessarie a risolverle quel problema. Dovevo restare positiva per me stessa. Avevo un ordine di ceramiche danneggiato da rifare. E dovevo capire come rendere quantomeno sicura la mia camera da letto nei confronti dei fattori ambientali fino a quando non fossero arrivati i periti dell'assicurazione nel giro di qualche giorno.

«Devo scappare, mamma. Ti voglio bene!»

«Oh.» Sembrava delusa. «Okay, tesoro. Ti voglio bene.»

Riagganciai e sospirai. Mi uccideva quando mia madre si deprimeva, ma non avevo più energie per salvarla quel giorno.

Ero troppo impegnata a salvare me stessa.

Ero davvero a corto di soldi quel mese. Avevo atteso con ansia quelli che mi sarebbero arrivati per la spedizione di ceramiche che si erano rotte. Ora avrei dovuto sprecare tempo a rifarle tutte quando avrei potuto impiegarlo a creare qualcosa di nuovo. Avevo la mia casa da sistemare e non sarebbe stato economico nemmeno quello.

Guardando il lato positivo, però, il mio studio di ceramica nel garage non aveva subito danni. Potevo ancora lavorare l'argilla. La mia impresa poteva ancora girare.

Ero fortunata, davvero.

E poi, il mio salotto non era danneggiato e il mio divano era molto comodo. Visto che non sarei mai andata da mia madre – nella sua casa troppo calda – me la sarei cavata benissimo.

Avrei pur sempre potuto riprendere il mio lavoro part time da Cody. Avevo lavorato lì per anni quando avevo messo in piedi la mia attività, ma avevo mollato quando ero riuscita finalmente a farcela.

Sarebbe stato divertente. Rivedere volti familiari al bar. Lavorare fino a tarda notte.

Avevo bisogno di uscire di più e quello era il modo perfetto per farlo. No?

12

WES

AVERE Joy a casa mia quella mattina mi aveva scombinato la routine. Il mio cervello era rimasto incastrato a pensare a come affrontare le cose con lei – un problema che non avevo risolto, soprattutto visto che il mio lupo aveva una sua opinione molto specifica – e avevo fatto tardi nel portare Remy all'asilo.

Poi, quando ero arrivato al ranch, avevo scoperto di aver lasciato il cellulare a casa.

Non era un grosso problema, non ero il tipo che passava il tempo tra le varie applicazioni né nulla del genere, ma una volta che mi si era insinuato in mente il pensiero che non sarei stato reperibile se mi avesse chiamato l'asilo, avevo deciso che, dopo essermi occupato delle solite faccende mattutine nel fienile, avrei fatto meglio a correre a casa per pranzo per prenderlo.

Accostai davanti a casa per scoprire...

Oh, diamine, no.

La mia compagna era in piedi *sul suo tetto*, con una grossa tela cerata blu da campeggio in mano, in procinto di rompersi l'osso di quel bellissimo collo.

Che cazzo stava facendo?

Balzai fuori dal pickup – concedendomi giusto il tempo di togliere la marcia – e corsi verso casa di Joy senza toglierle lo sguardo di dosso. Aveva una casa a un piano solo, ma comunque sarebbe stata una caduta di almeno tre metri.

Lei era umana. Fragile.

Perse l'equilibrio, lasciando cadere la tela cerata e agitando le braccia per riacquistarlo.

«Joy!» gridai io, quasi mutando in forma di lupo per il pericolo imminente.

Lei ritrovò l'equilibrio e si limitò a voltarsi per rivolgermi un sorriso amichevole. «Oh, ciao, Wes.»

Avevo il cuore che batteva all'impazzata e il mio lupo stava per balzare in aria nel tentativo di raggiungerla.

Lei se ne stava in piedi sul tetto con un paio di pantaloncini di jeans strappati e una canottierina a triangolo che mi faceva venire voglia di tracciare con la lingua una linea che andasse dritta dalla sua vita scoperta fino a un capezzolo.

Mi fermai sotto di lei e mi misi le mani sui fianchi. «Non dirmi *oh, ciao*, dolcezza. Che diamine ci fai sul tetto?» volli sapere, dimenticandomi di reprimere la mia aggressività, alimentata tanto dal timore per la sua sicurezza quanto dal desiderio del suo corpo.

Non avevo alcun diritto di parlarle a quel modo.

Lei non aveva bisogno di sentirsi sgridare.

Sì, invece. Ne aveva bisogno visto che era tanto incauta.

Però era la mia vicina, non la mia ragazza. La mia vicina che mi ero scopato per caso la sera prima. Non avevamo preso alcun tipo di impegno l'uno con l'altra. Io volevo che lei fosse la mia babysitter.

Il mio lupo la riteneva una cosa ridicola. Lui aveva preso un impegno con lei, ma lei non lo sapeva. Lei non mi doveva nulla, inclusa una spiegazione sul motivo per cui avesse scelto di arrampicarsi sul suo tetto pericolante.

A quanto pareva, a lei non dava fastidio la mia scontrosità, però, perché il suo sorriso si ampliò.

Quel sorriso che mi faceva impazzire.

Joy ignorò del tutto la mia domanda. «Potresti lanciarmi la tela cerata che ho fatto cadere?» Indicò l'oggetto perduto.

«Lanciarti la... Non esiste. Che ne è stato della squadra che doveva venire a effettuare le riparazioni?» chiesi.

«Il perito ha detto che sarebbero passati tra un paio di giorni.»

Un paio di giorni? Per cui aveva deciso di sistemare temporaneamente la cosa da sola?

«Vengo *io* a coprirti il tetto,» dissi, prendendomi a calci da solo per non aver pensato in anticipo alle sue necessità prima che ce ne fossimo andati quella mattina. «Tu devi scendere da lì prima che cadi o che il resto del tetto ceda.»

Lei mimò la mia posa con le mani sui fianchi e piegò la testa di lato. «Posso occuparmene io.»

«Non se ne parla,» ribattei io.

«Ma...»

«Non esiste che mentre ci sono io nella casa accanto tu ti metta in pericolo a quel modo.»

Avrei dovuto scusarmi per il fatto di essere uno stronzo. Probabilmente sarebbe stata in grado di sistemare la tela cerata sul buco da sola. Di inchiodarla. Ma rischiava di cadere e non sarebbe guarita come un mutante. Non fosse che lei non sapeva che era per quello che ero tanto determinato, cazzo.

«Ah sì?» La sua voce aveva un tono di sfida.

Stavo rovinando tutto, cazzo. Aprii la bocca nella speranza che ne sarebbero uscite le parole giuste, ma poi colsi il contorno dei capezzoli di Joy.

Non indossava il reggiseno sotto quella canottierina

striminzita ed era palese che i suoi capezzoli si fossero induriti.

Per cosa? Per avermi visto?

O era stata la mia autorevolezza a eccitarla?

Mi aveva chiamato autorevole quella mattina, ma l'espressione che mi aveva rivolto mi aveva fatto credere che le fosse piaciuto avermi al comando.

Tutto ciò che avevo detto da quando ero sceso dall'auto era stato me che facevo l'autorevole e assumevo il comando.

Cazzo, sì, dolcezza.

Sarò io al tuo comando. Ti comanderò fino a farti finire nel mio letto.

«Già,» ribattei e aggiunsi, «Cattiva ragazza,» per mettere alla prova quella teoria. Per mettere alla prova *lei*.

Lei si accucciò per sedersi sul bordo del tetto e scalciò i piedi come una bambina.

Indossava le infradito. Le infradito! Su un cazzo di tetto! Carine, ma poco pratiche.

«Hai intenzione di sculacciarmi?» Piegò la testa e mi rivolse di nuovo quel sorriso.

Il cazzo mi diventò duro come una roccia di fronte al suo tono allusivo e mi chiesi se avesse la fica indolenzita per via di come me l'ero sbattuta la notte prima.

Okay. Non avevo male interpretato la situazione. Buono a sapersi.

Avanzai deciso fino a pararmi dritto sotto di lei. «Esatto, bellezza. Hai due opzioni. O scendi da quella scala, o ti butti giù. In ogni caso, se scendi subito, ci andrò piano con te.» Allargai le braccia per mostrarle che l'avrei presa.

Lei arrossì lungo il collo e io colsi l'odore della sua eccitazione nella brezza leggera.

«Vuoi che salti?»

«Esatto, dolcezza. Salta giù e ti mostrerò le conseguenze del tuo comportamento sconsiderato. Sarà una lezione che apprezzeremo entrambi.»

La mia bellissima compagna. Non esitò nemmeno per un istante. Si limitò a gettarsi giù dal bordo del tetto.

Io la presi tra le braccia, piegai le ginocchia e la feci roteare per alleggerire qualunque impatto avrebbe potuto percepire.

«*Diamine*.» Sembrava colpita.

Mi guardava come se avessi qualcosa che bramava. Come se fossi stato *io* ciò che bramava.

«E il mio tetto?» chiese.

«Me ne occuperò più tardi. Prima devo prendermi cura di te. Scoprirai cosa succede quando mi fai venire un infarto a quel modo.» La trascinai verso casa mia, prendendomela in spalla quando arrivammo alla porta così che potessi tirare fuori le chiavi.

«Cosa?» strillò lei mentre la lanciavo in aria per risistemarla. «Oddio. Wes, sei una *bestia*.»

«Sì, dolcezza, lo sono.» Entrai in casa e la trasportai in salotto dove la rimisi in piedi accanto al mio divano.

Lei aveva le guance di un'adorabile sfumatura di rosa per essere stata a testa in giù, e i suoi occhi azzurri sembravano più luminosi. Le sue fossette si accentuarono mentre mi guardava, il respiro che si faceva più affannato dall'emozione.

«*Dannazione*, sei bellissima.» Le pizzicai uno dei capezzoli sporgenti tra le nocche dell'indice e del medio attraverso la maglia. «Vedo che mi punti.» I nostri sguardi si incrociarono.

I suoi occhi brillavano d'eccitazione.

«Girati, Spericolata.» Agitai un dito in cerchio per aria. «Ti farò il culo rosso.»

Lei esitò. «Uhm, dov'è Remy?»

«Asilo.» Attesi, per assicurarmi che fosse consenziente dopo quella risposta. Che lo volesse. Quando lei si girò verso il divano, io mi riempii entrambe le mani del suo morbido culo e le strinsi.

«Brava ragazza,» la elogiai, allungandomi verso la parte anteriore dei suoi fianchi per sbottonarle i pantaloncini. «Togliamoti questi così che possa vedere le mie impronte quando ti sculaccio.»

Le sue dita corsero alle mie, per cui io mi fermai di nuovo, in attesa del suo consenso.

Nessuno di noi si mosse per un istante. «Toglili,» le mormorai all'orecchio per poi attendere che obbedisse.

Lei fece subito come le avevo detto, come la brava e dolce ragazza che era. Sbottonò e tirò giù la zip dei pantaloncini di jeans per poi calarseli lungo i fianchi assieme alle mutandine. Finirono a terra e lei se li sfilò.

«Così, dolcezza. Proprio così.» Le afferrai i polsi e li tirai delicatamente dietro la sua schiena, per poi spingerle il busto in avanti sul bracciolo imbottito del divano. Era perfetto per sostenerle i fianchi.

Tenendole i polsi bloccati in fondo alla schiena, trascorsi un istante ad ammirare il suo culo perfetto e poi accarezzai in cerchio le due natiche con la mano libera. La ritrassi e le diedi una sculacciata.

Ci andai leggero perché era umana e avrei odiato farle del male.

Quando lei non emise alcun verso, ci andai più pesante, sculacciando l'altra natica.

Quella volta trasalì. Io mantenni quell'intensità, sculacciando un lato e poi l'altro per una mezza dozzina di rapidi colpi.

Intendevo farla formicolare un po', ma nulla che l'avrebbe spaventata. Mi fermai per massaggiarla, permettendo alle mie dita di scivolare tra le sue gambe.

«Goccioli, dolcezza.» Trascinai le dita nel suo nettare e lo assaggiai. «Adoro il tuo sapore, cazzo.»

Le lasciai andare i polsi e la feci voltare verso di me. Lei allungò le mani verso la mia cintura e la slacciò.

«Vuoi di nuovo il mio cazzo, Joy? Pensavo che magari ti servisse una pausa dopo averlo cavalcato ieri notte.»

Lei si leccò le labbra mentre si metteva in ginocchio. «La mia bocca non ha bisogno di una pausa.» Mi tirò giù la zip.

«Oh, dannazione. *Diamine.*» Avvolsi le dita attorno alla sua crocchia scomposta. «Diavolo, sì, dolcezza.» La aiutai a liberare la mia erezione.

Lei ne afferrò la base e aprì le labbra piene, per poi allungare la lingua e trascinarvi sopra la punta del mio cazzo.

Fui percorso da un brivido di piacere.

«Cazzo,» borbottai. Era così bella in ginocchio ai miei piedi con indosso nient'altro che la sua canottierina striminzita, il culo rosso con le mie impronte.

Lei trascinò la lingua attorno alla punta. Il calore umido della sua bocca unito all'effetto rinfrescante dell'aria creava una sensazione squisita. Quando mi prese tutta la punta in bocca, ero ormai quasi pronto a esplodere.

«Oh, Joy,» gemetti. «Mi stai uccidendo, dolcezza. È troppo bello.»

Lei sollevò lo sguardo sul mio, sorridendo attorno alla mia erezione prima di prendermi più a fondo.

Era incredibile. Non solo il pompino, ma la donna che me lo stava facendo. Quel raggio di sole spontaneo e luminoso che praticamente mi accecava.

Volevo più di lei.

Non solo il suo corpo, ma il suo cuore. La sua anima. Volevo i suoi segreti. Scoprire cosa la faceva ridere, ma anche cosa la faceva piangere.

E qualcosa di quel pensiero – l'idea che potessi avere *tutto quanto* con Joy – rese ancor più devastante l'idea di *non* averla.

Non dovevo proteggere solo il cuore della mia bambina in quella situazione.

Dovevo proteggere anche il mio.

Scacciai tutti quei pensieri e mi concentrai invece sul piacere che lei mi stava offrendo. La mia vicina audace e solare mi stava prendendo il più a fondo possibile. Succhiando con forza mentre si tirava indietro e mugugnando mentre veniva avanti.

Mi stava *annientando*.

«Cazzo, Joy,» borbottai. «Cazzo.»

Lei mosse più veloce la bocca sulla mia erezione.

Strinsi la presa sui suoi capelli. «Dolcezza, mi stai facendo impazzire.» Mi si mozzò il fiato. «Devi dirmi subito se vuoi che ti venga in faccia o se vuoi che ti pieghi a novanta su quel divano e ti scopi con forza per essere stata una ragazza così cattiva.»

La cosa la eccitò. Si tirò via e si sedette sui talloni, la bocca aperta. Si portò le dita in mezzo alle gambe per stuzzicarsi. Aveva bisogno di un po' di attenzione là sotto.

Allungai le mani verso i suoi gomiti e la tirai in piedi per poi girarla verso il divano.

«Oddio,» mormorò lei quando io tornai a farla piegare in avanti.

«Lo vuoi a fondo, dolcezza?»

«Uhm...»

«Lo avrai a fondo. Bello forte.» Le allargai le natiche e mi misi in ginocchio per assaggiare la sua dolce fica. Gocciolava, era ancora più bagnata di quanto lo era stata dopo la sculacciata. Decisamente pronta a prendermi.

Tuttavia, mi concessi del tempo per assaggiarla, per memorizzare il suo sapore pungente, adorando i piccoli gemiti che lei emetteva.

Mi alzai alle sue spalle e feci scorrere la punta della mia erezione tra i suoi succhi, stuzzicando la sua apertura con delicatezza. Era schiusa e bagnata e io le scivolai dritto dentro.

«Oh, dolcezza. Non riesco a decidere se mi piace di più la tua bocca o la tua fica meravigliosamente bagnata.»

Lei inarcò la schiena e mi prese più a fondo.

«Mmh, brava ragazza. Vuoi prenderti ogni centimetro di me, non è vero?»

Lei gemette il proprio assenso.

«Che brava ragazza.» Feci scorrere le dita attorno alla sua gola, senza stringere, ma tenendola con delicatezza mentre ondeggiavo dentro e fuori di lei. Le sollevai il busto, così che fosse inarcata.

Lei lo adorò. Urlò, colando ancora più eccitazione attorno al mio cazzo.

«Già, mi vuoi venire di nuovo su tutto il cazzo, non è vero, dolcezza?» Trovai un ritmo stabile.

«Sì,» gemette lei.

«Vuoi che ti sbatta più forte?»

«Sì, ti prego.»

Io mi spinsi dentro con più forza, sbattendo le cosce contro il suo culo.

Lei emise un piccolo grido.

«Così, dolcezza? O era troppo forte?» Lo rifeci.

«È bello,» gemette lei. «È bellissimo.»

Io aumentai la velocità, scopandomela deciso. La stanza si riempì del suono dei nostri corpi che sbattevano pelle contro pelle, la sua umidità che mi gocciolava attorno ai testicoli. Mi stavano venendo le vertigini dal desiderio.

Oh cazzo. Non era solo la voglia di venire. Mi si erano allungati leggermente i canini ed erano ricoperti di siero. Il mio lupo voleva marchiarla.

Se avessi mai avuto alcun dubbio circa il fatto che fosse la mia compagna, ormai era svanito. Un rapido morso e sarebbe stata mia per sempre.

Ovviamente, però, non potevo farlo senza che lei

capisse. Senza il suo consenso. E arrivare a quel consenso era un problema che non sapevo come affrontare.

Chiusi le labbra attorno ai miei denti e trassi un respiro profondo dalle narici, cercando di frenare il mio lupo.

Non ancora.

Forse mai, ricordai a me stesso. Dovevo restare vigile. Tenere i nostri cuori – il mio e quello di Remy – fuori da quella storia fino a quando non fossi stato certo che avrebbe potuto funzionare.

«Ti prego,» mi supplicò Joy.

Oh, cazzo. La mia compagna mi stava supplicando? Aveva bisogno che le concedessi la sua soddisfazione mentre io stavo pensando a proteggere il mio cuore. Che razza di stronzo ero?

Allungai una mano davanti ai suoi fianchi e poggiai il polpastrello dell'indice sul suo clitoride.

«Non venire fino a quando non te lo dico io,» le ringhiai all'orecchio.

Lei urlò alla sensazione della sua parte più sensibile che veniva toccata. «C-cosa? Perché?» praticamente si disperò. Moriva dalla voglia di venire.

«Perché ho io il comando. Quando ti dirò che è il momento, mi verrai su tutto il cazzo. Più forte di quanto tu non sia mai venuta in vita tua. Capito?»

Lei annuì con frenesia.

Io la scopai con forza mentre le picchiettavo il clitoride col dito. «Pronta...»

Mi si strinsero i testicoli. Morivo dalla voglia di avere un orgasmo tanto quanto Joy. «Ci siamo quasi...»

«Ti prego!» esclamò lei.

13

JOY

Urlai perché fu troppo bello. Non fu uno di quegli orgasmi che ti provocano un piccolo fremito, bensì un vero e proprio terremoto che fece scuotere tutto il mio corpo... no, tutta la Terra.

Probabilmente il vicino dall'altro lato di casa mia mi aveva sentita. Mi si inarcarono i fianchi e i miei muscoli interni si contrassero e rilassarono attorno all'erezione di Wes, spremendogli fuori ancora altro seme.

Lui ringhiò e lo sentii riempirmi, schizzo dopo schizzo fino a quando non cominciò a colarmi lungo le cosce.

Lui mosse il dito in cerchio sul mio clitoride e io venni ancora con altri movimenti circolari dei fianchi e spasmi dei muscoli interni. Nessun grido quella volta, ma un gemito.

Lui si dimenò contro di me, premendomi con più forza contro il bracciolo del divano, schizzando ancora altra essenza.

Ero sfatta e senza fiato, la fronte sprofondata sul cuscino morbido.

«Non muoverti, dolcezza. Torno subito,» disse lui.

Avevo il viso girato, per cui riuscii a scorgerlo mentre si risistemava il cazzo nei pantaloni e andava in bagno. Tornò con un panno umido che usò per ripulirmi la fica e l'interno coscia.

«Cazzo,» ringhiò.

Sembrava ringhiare un sacco ultimamente, sebbene non fossi sicura del perché quella volta.

Mi tirai su. «Che c'è?» chiesi.

Wes mi mise in piedi.

«Devo tornare al lavoro.»

«Va bene.»

Quel tipo era difficile da interpretare. Gli interessavo? Voleva solo del sesso? Era difficile capire quale fosse il tuo posto con un tipo di poche parole che sembrava un orso scorbutico quando parlava.

Però sapevo che era una brava persona.

E non solo a letto.

Mi aveva salvata la notte prima, ed era sembrato davvero spaventato per me quando mi aveva trovata sul letto, non riluttante.

«Se ti sistemo quella tela cerata adesso, tornerai sul tetto?» Indicò casa mia.

Io mi voltai, così da dargli la schiena e spingere in fuori il culo. Abbassandoci lo sguardo, gli dissi: «Credo che queste impronte siano sufficienti come risposta.»

Le sue dita accarezzarono uno dei punti accaldati. «Esatto. Torna là sopra e la prossima volta ti punirò dentro il culo, non fuori.»

La mia mente si svuotò per un istante. Intendeva...

Porca puttana.

«Non salirò sul tetto.»

Lui incurvò gli angoli della bocca in un accenno di sorriso. Avrei voluto capire cosa ci volesse per ottenerne uno vero e proprio da parte sua. «Ti piace quell'idea. Io che ti infilo qualcosa nel culo, che sia un dito, un plug o il mio cazzo.»

«Non è vero!» balbettai.

«Già, be', stai arrossendo fino alle tette e hai i capezzoli duri. Il tuo corpo non mente, dolcezza.»

«Io... non salirò sul tetto.»

«Brava ragazza. Ora sistemo la tela cerata prima di tornare al lavoro. Hai detto che quelli dell'assicurazione non possono venire prima di un paio di giorni?»

Annuii. «Già. Sono sommersi di richieste per via del temporale. Ecco perché sto cercando di coprire tutto adesso. Non so quanto ci vorrà prima che possano cominciare con le riparazioni.»

Wes si accigliò e si accarezzò la barba, la sua tipica aria burbera in piena espressione. «Resterai qui fino a quando non sarà sistemata a dovere.»

Lì?

Che autoritario. Non era stata una domanda, era stata una pretesa.

Lo adoravo, diamine.

Dopo aver fatto da madre alla mia stessa mamma depressa, era piuttosto bello avere qualcun altro al comando. Qualcuno che si prendesse cura di me, tanto per cambiare.

Tuttavia, non volevo essere un peso. «Ma...»

Lui mi interruppe. «Non esiste che tu dorma nella casa accanto con della tela cerata lungo la parete e un'altra sul tetto. Non basterà a tenere fuori le persone. Né le bestie.»

Io aprii la bocca per rispondergli, ma la richiusi. Mi aveva convinta a *bestie* e lo sapeva.

«D'accordo.»

Scorsi di nuovo l'accenno di un sorriso. «Hai più paura che faccia irruzione un procione o un uomo cattivo?»

«Decisamente un procione.»

Le sue labbra si incurvarono di più. Era quasi un sorriso.

L'avrei ritenuta una vittoria.

14

WES

ANDAI A PRENDERE Remy all'asilo e passammo a comprare degli hamburger e delle patatine da asporto, per poi fare un salto in ferramenta per del compensato.

Sebbene ci fosse un sacco di lavoro da svolgere al ranch, Johnny e Colton mi avrebbero raggiunto a casa di Joy per chiudere temporaneamente il buco della sua finestra rotta.

Io avevo steso la tela cerata sopra il buco nel tetto, ma non sarebbe bastata a proteggere la casa, nemmeno per una notte. Dovevo costruire qualcosa di più stabile che tenesse fuori la pioggia e proteggesse le sue cose.

Il Destino solo sapeva quanto ci sarebbe voluto prima che l'assicurazione sistemasse il suo tetto se non si fosse fatto nemmeno vivo il perito prima di un paio di giorni.

Ormai mi rendevo conto di essermi trovato in uno stato catatonico protettivo indotto dal sesso quando l'avevo informata che sarebbe rimasta da me. Era stato il mio lupo a parlare.

Era andato dritto contro il mio piano di proteggere Remy dalla radiosità di Joy, però. Se non volevo che Remy pensasse di stare per ottenere una mamma, perché diamine la stavo portando sotto il mio tetto?

Potevo gestire la cosa, però. Joy sarebbe rimasta mentre sistemavano la sua casa, non perché io stavo uscendo con lei. Come favore. Come bravo vicino. Ci davamo una mano a vicenda. Era così che dovevo metterla per Remy.

Non che stessimo scopando. O che volessi farlo ancora. E ancora.

«Posso aiutarti a sistemare la finestra di Joy, papà?» chiese Remy mentre accostavo nel vialetto di Joy.

Io le slacciai la cintura e le permisi di scendere da sola. «Puoi supervisionare,» le dissi. Avevo imparato molto tempo prima che dire a un bambino cosa *può* fare invece di cosa non può rende le cose molto più semplici.

«Vuoi che ti dica come fare?» Remy arricciò il nasino.

Io glielo picchiettai col dito. «Dovrai stare sulla nostra veranda e farci sapere se abbiamo coperto tutti i buchi o meno. È importante perché non vogliamo dimenticarci nessun punto. Okay?»

«Okay.» Sembrava delusa.

«Puoi anche tirare fuori delle birre dal frigo per i ragazzi. Sarebbe molto d'aiuto.»

Remy si illuminò e corse via. «Okay, vado a prendere le birre!» Raggiunse la porta d'ingresso e vi batté più volte col palmo, come se si sarebbe aperta per magia.

Nel frattempo, Joy era uscita dalla porta aperta del suo garage, probabilmente per vedere perché avessi parcheggiato nel suo vialetto invece che nel mio.

Io osservai l'edificio separato. Non lo usava per parcheggiarvi l'auto. Il garage era uno studio d'arte. C'era un tornio da un lato e una fornace nell'angolo in fondo. Una parete era piena di scaffali di ceramiche semplici e bianche. L'altra di pezzi finiti. Bellissimi vasi, ciotole, tazze e vassoi di tanti colori tutti ben allineati.

«Grazie al cielo l'albero non ha colpito il garage,» borbottai.

Joy spalancò gli occhi e un enorme sorriso le illuminò il volto. «È quello che ho detto anch'io! Suppongo di essere stata fortunata.»

Io piegai la testa cercando di capire la sua logica. Io ero uno di quelli che vedono il bicchiere mezzo vuoto, per cui tutto ciò che riuscivo a vedere era il danno alla sua casa. «Non saprei per quanto riguarda la fortuna,» borbottai. «Avresti potuto morire.»

«Papà! Apri la porta!» urlò Remy da casa nostra.

«Vieni a prendere la chiave,» le dissi io. Probabilmente non sarebbe stata in grado di aprirsi la porta da sola con la chiave, ma mi piaceva lasciare che i bambini provassero a fare le cose da adulti. L'avrebbe tenuta impegnata per un altro paio di minuti, in ogni caso.

«Oh, non saprei. Io direi di essere stata piuttosto fortunata.» Il doppio senso nel tono di Joy me lo fece venire subito duro.

«Senti... a proposito di quello e del tuo restare a casa nostra...» Mi sfregai la nuca.

Remy corse da me e io le porsi le chiavi della porta d'ingresso. «Ciao, Joy!» disse. «Io faccio da supervisore e prendo le birre!» Corse via, più interessata al proprio lavoro che alla vicina. Io ero l'opposto. Ero lì per lavorare, ma la mia attenzione era concentrata tutta su Joy.

«Non devo restare da voi.» Joy agitò una mano per aria come a cancellare la mia preoccupazione. «Mi va più che bene accamparmi qua sotto la mia tela cerata. Anche se ci dovessero essere dei procioni.» Mi rivolse un sorriso e io credetti davvero alla sua allegria.

Come se quella ragazza fosse stata in grado di scorgere il buono in qualsiasi situazione. Anche quando credeva che avessi appena ritirato il mio invito a farla restare a casa mia.

«No, no. Non è quello.» Abbassai la voce. «Non voglio che Remy sappia...» Lasciai in sospeso la frase per poi deglutire. 'Fanculo. Dovevo essere chiaro con lei, per cui incrociai i suoi occhi azzurri. «Che mi interessi. Non voglio che si confonda, capisci?»

Il volto di Joy si addolcì. «Ma certo che no. Capisco benissimo. Sarò semplicemente la vicina che dorme sul divano. Cioè, se davvero ti va ancora che stia da voi.»

«Mi va,» dissi troppo in fretta. «Si sta annuvolando e non esiste che tu resti a casa tua se ci sarà un altro temporale.»

Il mio lupo aveva bisogno di averla sotto il mio tetto. Non sarei riuscito a dormire se avessi pensato che non fosse al sicuro o a suo agio.

«Dunque sei... *interessato* a me?» Le sue fossette ammiccarono con un ghigno malizioso. Per il Destino, se era carina.

Io mi accigliai. «Mi verrebbe da pensare che fosse ovvio.»

«Be', non sapevo se si trattasse solo di sesso. Cosa che andrebbe bene, se lo fosse.» Fece spallucce. «Cioè, sono io quella che ti è saltata addosso.»

Di nuovo con quell'atteggiamento positivo. Era come se avesse imparato a mantenere basse le proprie aspettative nei confronti della gente così da non rimanere delusa. Conoscevo quella sensazione, ma a me rendeva scorbutico da morire mentre lei diventava solare.

Avevamo gli atteggiamenti più opposti che due persone potessero sostenere.

Mi schiarii la gola e mi tolsi il cappello da cowboy per grattarmi la fronte. «Cazzo, Joy. Io, ah...» Per il Destino, ero proprio pessimo in quelle cose. «A essere onesti, non sono uscito con molte donne – be', con nessuna – da quando è nata Remy.» Mai. Avevo solo scopato durante le corse con la luna piena, e in quei casi era prestabilito che non significasse nulla. «Lei aveva tutta la mia attenzione. Ma sono decisamente interessato. È solo che... devo anche andarci cauto. Per Remy.»

Cazzo. Sembravo un codardo.

Ero un codardo? *Sì, perché hai detto di volere che ti facesse da babysitter.* Coglione.

Lei annuì comprensiva. «Ma certo. Sgattaioleremo l'una in camera dell'altro quando fa buio o qualcosa del genere.» Joy mi rivolse di nuovo quel gran sorriso.

Io sentii qualcosa di strano salirmi in gola. Una risatina. O l'accenno di una. Mi fece incurvare gli angoli della bocca verso l'alto. Il suo sorriso era quasi contagioso.

Tuttavia, ciò che aveva suggerito significava che stava comunque pensando solo a del sesso clandestino. Dovevo farla innamorare. Di me. Cosa che sarebbe stata difficile visto che tutto ciò che sapevo fare era sbattermela.

«Be', stavo pensando più a un appuntamento, solo che non ho una babysitter.» Era tutto così difficile con una bambina. E un appuntamento? Non ne avevo mai organizzato uno. Che diamine ne sapevo di come si facesse? «Magari la sua maestra d'asilo, Riley, potrebbe guardarmela.»

«La nuova moglie di Cody? È fantastica.»

Arrivò il pickup di Johnny e lui e Colton scesero dopo averlo parcheggiato. «Ciao, ragazzi!» Joy li salutò con un cenno della mano e io avrei voluto tirare un pugno in faccia a entrambi.

Quando avevo chiesto loro di darmi una mano, non avevo pensato a come avrebbe reagito il mio lupo.

Come uno stronzo protettivo che voleva cavare loro gli occhi per averla anche solo guardata con indosso quei pantaloncini sexy. Quando loro le sorrisero, seppi che avrei dovuto ucciderli entrambi.

Visto che volevo loro bene, era un gran problema, cazzo.

Lei stava già uscendo a salutarli. «Che ci fate voi qui?»

Io scattai in avanti per frappormi tra loro. Col cavolo che si sarebbero stretti la mano o peggio... abbracciati. «Ho chiesto loro di venire a darmi una mano a sistemarti la parete per stanotte per tenere fuori la pioggia. Ma non ho davvero bisogno del loro aiuto.» Gonfiai il petto e fulminai con lo sguardo i miei due amici. «Voi due potete tornare al ranch.»

Colton si tolse il cappello e spostò lo sguardo tra me

e Joy. Forse fu il mio atteggiamento scontroso. Forse fu il ringhio nella mia voce. Forse ci era passato anche lui e capiva cosa stavo provando in quel momento perché disse: «Ma davvero?»

«Già. Fuori dai coglioni, forza.» Indicai il loro pickup. «Ci penso io qui.»

Le sue labbra si tesero in un sorriso. Avrei voluto tirargli un pugno su quella faccia compiaciuta.

Per fortuna, Johnny rimase in silenzio. Avrei potuto mettere ko due mutanti in una volta, soprattutto se la mia compagna era in pericolo, ma perfino nonostante il mio annebbiamento ossessivo sapevo che era una pessima idea.

«Ragazzi, ragazzi! Ecco le vostre birre!» Remy uscì di corsa da casa con le braccia strette attorno a tre bottiglie di birra. Non mi ero nemmeno reso conto che fosse riuscita a entrare in casa da sola. Non le avevo prestato molta attenzione e questo mi rendeva un pessimo padre.

Ovviamente, una delle bottiglie scivolò e cadde sul marciapiede, rompendosi. La birra schizzò fuori facendo tutta la schiuma.

Remy abbassò lo sguardo scioccata e scoppiò in lacrime.

«Non muoverti,» abbaiai perché era scalza e c'era del vetro davanti a lei.

Forse era una cucciola di mutante in grado di

muoversi agilmente, ma non volevo comunque che si ferisse in alcun modo. Dato che avrebbe significato *altre* lacrime.

Ovviamente, il mio urlo la fece piangere a dirotto.

Corsi da lei e la presi in braccio, ma Joy fu subito al mio fianco.

«Guarda tutta quella schiuma!» esclamò Joy, come se Remy avesse creato un esperimento scientifico invece di avere un crollo emotivo per un incidente.

Remy smise di piangere e la fissò a bocca aperta.

Le labbra seducenti di Joy erano tese in un enorme sorriso. Indicò la schiuma sul marciapiede con gli occhi che brillavano. «Non è fantastica?»

Remy non era certa di doverci credere.

Joy le fece l'occhiolino. «Quando ero piccola, mi piaceva un sacco scuotere le lattine di soda prima di aprirle per vederle schizzare. Tu l'hai mai fatto?»

Remy scosse piano la testa.

Joy prese le due bottiglie di birra rimaste dalle sue mani e le poggiò a terra prima di allungare le braccia verso di lei. «Vieni qui. Ho una lattina di soda all'uva in casa mia. Proviamoci.»

E in un attimo, il problema fu risolto. Remy si sporse verso Joy, che la prese tra le braccia e sparì assieme a lei dentro casa. Io rimasi lì in piedi a fissare le loro schiene mentre Johnny e Colton fissavano me.

«Sparite,» ringhiai quando loro si avvicinarono.

«Da quanto lo sai?» volle sapere Colton.

«Ho detto, *sparite*,» sbottai.

«Sapere cosa? Ohhhhh.» Johnny ci mise un po' di più a cogliere la situazione. Indicò con un pollice in direzione di casa di Joy mentre io mi accucciavo per raccogliere le schegge di vetro. «È la sua compagna? Pensavo che si stesse solo comportando da stronzo come suo solito.»

«Decisamente la sua compagna non marchiata,» replicò Colton. «Perché altro ci avrebbe chiesto di venire qui a dargli una mano per poi cercare di ucciderci una volta arrivati a meno di un metro e mezzo da lei?»

«L'ho capito stamattina,» ammisi borbottando. «Ieri notte ero troppo agitato dal fatto che si fosse quasi fatta ammazzare da quell'albero.»

Johnny ghignò. «Voi due avete...»

Mi alzai e avanzai di un passo verso di lui con fare minaccioso. «Ti uccido se anche solo parli di nuovo di lei, cazzo.»

Johnny rise e indietreggiò e sollevò le mani con fare difensivo.

«Andiamo a togliere quell'albero dalla casa,» disse Colton «Non le rivolgeremo nemmeno la parola.»

«Bene.»

«Ma *tu* faresti meglio a farlo,» mi disse da sopra la spalla.

«Sul serio. Fottetevi.» Entrai a passi pesanti in casa

mia per buttare via le schegge di vetro e prendere una scopa.

Quando tornai, Johnny e Colton erano sul tetto di Joy a sollevare l'albero caduto da casa sua.

Io mi guardai attorno. Se qualche umano li avesse visti, saremmo stati fottuti perché stavano dimostrando di essere troppo forti, lassù. Tuttavia, non c'era alcun modo semplice di fingere di sollevare un albero da una casa e, con le loro capacità da mutanti, avrebbero potuto farlo in fretta e senza alcuno sforzo. Non dovevamo aspettare quei lentoni dei riparatori.

«Via libera di sotto?» mi chiese Colton mentre tenevano sollevato l'enorme tronco.

«Sì. Quaggiù.» Mi posizionai di sotto, così da poter deviare l'albero se necessario. L'ultima cosa che ci serviva era che i ragazzi spostassero il tronco dal tetto di Joy solo per farlo finire sul mio.

Loro cominciarono a farlo oscillare. «Al tre. Ecco qua. Uno...» Lo fecero oscillare nella mia direzione, e poi indietro. «Due... tre!» Spinsero il tronco giù dal tetto.

Io lo lasciai cadere al sicuro in mezzo alle due case, dove si ruppe in un paio di altri pezzi più gestibili.

Dalla veranda sul retro di casa di Joy giunse lo strillo acuto e gioioso di Remy assieme allo sfrigolio di una lattina di soda aperta.

Tutto dentro di me si sciolse.

Joy era con la mia cucciola, proprio come lo era stata il giorno in cui l'avevo conosciuta. A intrattenerla senza difficoltà. A fare amicizia. A stringerci un legame.

Colton e Johnny balzarono giù dal tetto senza usare la scala. Avrebbero davvero dovuto fare più attenzione alla luce del giorno.

«Ci sa fare con lei, eh?» chiese Colton, avendo sentito anche lui le ragazze.

Io cercai di nascondere il tumulto di emozioni che si agitava nel mio petto. Mi si chiuse la gola. «Già. Così pare.»

«Ovvio che lo è. Il Destino l'ha scelta per te.» Johnny mi diede una pacca sulla spalla. Aveva senso che lo capisse perché Emma, la sua compagna, era una gemella omozigote e, per quanto lei e sua sorella fossero identiche e condividessero lo stesso DNA, lui riconosceva la propria compagna.

Non riuscii a dire nulla. Avevo delle argomentazioni in testa su come avrebbe potuto non funzionare e su come non sapessi come farla innamorare di me, e cosa sarebbe successo se Remy ci fosse rimasta male, ma non volevo condividerlo con loro. Mi accigliai.

«Aww, guarda.» Johnny se la rise. «Perfino avere una compagna rende Wes scorbutico.» Si affrettò a indietreggiare nel caso in cui avessi provato a tirargli un pugno.

Il cellulare di Colton squillò e lui se lo tirò fuori dalla

tasca. «Sì?» Sollevò lo sguardo al cielo. «Ricevuto. Torniamo tra mezz'ora.»

Riagganciò. «Era Rob. Vuole che torniamo a riportare il bestiame dall'altra parte del torrente prima che esondi di nuovo nel caso in cui debba piovere ancora.»

Merda. Il ranch. Mi ero concentrato sulle mie ragazze, non sul mio lavoro. Il Wolf Ranch, però, mi pagava le bollette e Rob era il mio alfa. Se voleva che spostassimo il bestiame dall'altra parte di un torrente, noi lo facevamo.

Mi passai una mano sulla nuca. «Merda, se la prenderà per il fatto che stiamo cazzeggiando in città con tutto il lavoro che c'è da svolgere.»

Colton rise. «Nah, non quando ne scoprirà il motivo.»

Il fatto che avessi trovato la mia compagna. Che fosse umana.

«Andiamo,» disse, dandomi una pacca sulla spalla. «Tiriamo fuori quel compensato dal furgone e sistemiamolo sulla parete.»

Io rimasi lì in piedi a guardare con riluttanza i miei amici, per metà grato che fossero tali e che fossero dalla mia parte, e per l'altra metà tentato di ucciderli perché erano vicini a Joy. Avevano entrambi la loro compagna predestinata, per cui non erano interessati a lei, ma a ogni modo...

«Papà! Anche la soda all'uva fa un sacco di bolle. Ed è

deliziosa!» Remy corse verso di me con in mano la lattina.

Aveva un anello colorato di viola attorno alla bocca.

«Lo vedo,» dissi.

Joy la seguiva a passo più rilassato.

«Pensi di poterti lavare la faccia e le mani? Perché dobbiamo tornare al ranch col signor Johnny e il signor Colton.»

Non ero certo di come la cosa avrebbe funzionato, ma mi sarei inventato qualcosa.

Guardai Joy. «Il torrente è esondato l'altra notte per via del temporale. Il bestiame è rimasto bloccato sulla riva sbagliata. L'acqua si è abbassata e possiamo farlo attraversare, ma pioverà di nuovo, per cui dobbiamo andare prima che...»

Joy sollevò una mano. «Capisco. Il vostro lavoro non ha un orario da ufficio. Che ne dici se tenessi io Remy?»

La fissai. Sbattei le palpebre. Era quello che avevo voluto che facesse sin da quando l'avevo conosciuta. Semplicemente quello. Che mi facesse da babysitter. Adesso? Si stava offrendo volontaria di stare con Remy e non mi sembrava che fosse *solamente* una babysitter.

Era la mia compagna che restava con la mia cucciola. Era una cosa grossa. Mi fidavo a lasciargliela, ovviamente, ma sarebbe stata la prima volta che sarebbero rimaste da sole insieme. Questo avrebbe fatto sì che

Remy si affezionasse a lei per poi rendere ancora più difficile il distacco?

Jonny mi diede una grossa pacca sulla schiena e interruppe i miei pensieri.

«Davvero?»

Lei sorrise... e il mio lupo si inorgoglì.

«Ma certo. Non è un problema. Lavorerò nel mio studio per un po' e lei potrà esibirsi in un piccolo progetto. Poi possiamo cenare e guardarci un film.»

«Posso? Posso?» Remy mi strattonò il braccio saltellando su e giù. «Un film con Joy! Posso, papà?»

Era quello che mi preoccupava. Joy era troppo affabile. Non avevo scelta, però. Non solo perché dovevo tornare al ranch, ma perché il mio lupo mi stava dicendo di farla finita, cazzo, e di lasciare che la mia compagna si prendesse cura della mia cucciola. Perché era proprio ciò che avrebbe dovuto fare.

Stare con Remy a casa nostra. Tenerla al sicuro e volerle bene.

«Uhm, okay. Certo. Dammi il tuo numero di telefono nel caso tu abbia bisogno di contattarmi. E non entrate in casa tua.»

Lei annuì. «Non entriamo in casa mia. Ricevuto.»

«Urrà!» squittì Remy.

Già, era vero.

Ero cotto. Perché invece di conoscere io Joy, così che lei si innamorasse di me, era Remy a farlo.

Non mi ero sentito così spaesato da quando Soraya mi aveva lasciato con una cucciola di tre settimane e nessuna abilità genitoriale per prendermi cura di lei.

Tuttavia, avevo scoperto cosa fare con Remy. O quantomeno, me l'ero cavata.

Forse avrei scoperto come fare anche con Joy?

Il Destino solo sapeva se non ne valeva la pena.

15

JOY

REMY ERA COSÌ BRAVA che non mi sembrava vero. Era dolce e ascoltava, era educata. Lo aveva dimostrato mentre eravamo nel mio studio e io portavo a termine due vasi e lei creava una piccola scultura d'argilla del suo cavallo. Fino a quando non si era tagliata un ditino con uno degli attrezzi per scolpire. Aveva pianto per quella bua. Io l'avevo avvolta in un pezzo di carta assorbente e l'avevo riportata a casa sua. Avevo cercato un cerotto nel bagno, ma non ero riuscita a trovarlo. Avevo controllato il suo taglietto ed era... sparito.

Così come le sue lacrime. Visto che ci eravamo trovate già in bagno, avevo immaginato che fosse giunto il momento di lavarsi invece di tornare al lavoro sul cavallo d'argilla. Ero riuscita ad assicurarmi che il taglio fosse sparito davvero – o non c'era mai stato? – o quantomeno ripulito. Lei aveva fatto un piccolo capriccio, ma io ero riuscita ad attirarla prendendo la schiuma da barba di suo padre –aveva la barba, quindi avevo immaginato che non gli sarebbe importato se l'avessimo usata – e spremendone un po' su una piastrella così che lei potesse spalmarla e giocarci. A quel punto, ovviamente, non aveva più voluto uscire.

Alla fine, dopo un sacco di tempo passato a cercare di convincere una bambina stanca, lei era in pigiama e sul divano. Aveva insistito a guardare il film con la principessa che pensava assomigliasse a me.

Non appena io mi fui sistemata accanto a lei, suonò il campanello.

Non era casa mia, per cui non ero certa di cosa aspettarmi. Wes sarebbe entrato e basta.

«Chi potrebbe essere?» chiesi a Remy, che era accoccolata contro il mio fianco.

Lei fece spallucce, ma tenne gli occhi fissi sullo schermo. Perché avrebbe dovuto saperlo? Aveva quattro anni.

Non aveva ancora cominciato a piovere, ma il cielo serale era carico di pesanti nuvole scure e si era alzato il vento.

Sbirciai fuori dalla finestra prima di aprire la porta.

Non che un cattivo se ne sarebbe stato lì in piedi con un cartello che diceva, *Sono pericoloso*.

C'era una donna sulla veranda.

Una donna molto carina. In maniera innaturale. Capelli scuri come la notte. Grandi occhi verdi. Labbra piene. Era alta. Magra, ma formosa. Ero molto invidiosa.

«Salve, posso aiutarla?»

Per quanto io avessi scrutato in fretta la donna per tre secondi, lei mi stava esaminando dalla testa ai piedi come se avesse dovuto giudicare una mucca alla fiera della contea. Osservò la mia crocchia scomposta, il mio volto privo di trucco, la mia vecchia maglietta, i pantaloncini in jeans strappati e i piedi scalzi.

Ogni centimetro di me fu passato in rassegna. Poi annusò l'aria.

Dio, puzzavo? Era una giornata calda e avevo lavorato l'argilla, ma non pensavo di puzzare tanto quanto dava a intendere il suo naso arricciato.

«Sto cercando Wes.» Si sporse di lato per guardare dentro casa oltre di me.

Io girai la testa e vidi Remy sul divano. Era presa dal film. «Mi spiace, non c'è al momento.»

«È uscito? E tu saresti?» mi chiese.

«Sono Joy. È amica di Wes?»

Lei rise e si posò una mano sul petto. Aveva perfino una bella manicure. «Un'amica? Oh, tesoro, io direi che siamo più che amici.»

Mi accigliai. Stavano insieme? Era quello che stava insinuando?

«Ok-*ay*.» Strascicai quella parola.

«Ha lasciato Remington da sola con te?»

Remington? Era il nome completo di Remy. Carino. Ma non avevo mai sentito Wes usarlo nemmeno una volta.

Cosa voleva? Era una ex? Un'amante respinta? Non la riconoscevo come una di Cooper Valley, ma magari era nuova.

«Uhm, sì.»

Remy girò la testa nel sentire il proprio nome. Il film era appena finito, per cui la bimba scese dal divano e mi venne accanto. «Ciao. Mi conosci?» chiese con l'innocenza di una bambina.

La donna allungò una mano e le arruffò i capelli, cosa che a Remy non sembrò piacere perché indietreggiò e si appoggiò alla mia gamba. «Sì, Remington. Ti conosco da quando sei nata.»

Remy fece spallucce. «Io non mi ricordo.»

Forse ero gelosa. Se quella era un'ex o un'aspirante amante di Wes, già la odiavo. Aveva una pessima aurea e la volevo fuori di casa. «Be', è ora che Remy vada a dormire, per cui dobbiamo andare.»

La donna annusò di nuovo l'aria e mi rivolse un'occhiataccia. «Di' a Wes che è passata Soraya. Ha il mio numero.» Guardò Remy. «Buonanotte, Rem-Rem.» La sua voce melensa fece premere Remy ancora di più contro di me.

«Mi chiamo Remy,» disse da dietro la mia gamba.

Soraya si voltò e se ne andò.

«Che strano,» borbottai, chiudendo la porta a chiave alle nostre spalle.

Remy sbadigliò. «Non mi piace.» Ne sembrava sicura. «Anche se è un lupo.»

Un lupo! Che carina, e adoravo la sua ingegnosa creatività infantile. Perché quella donna *era* sembrata una predatrice. E aveva avuto le unghie lunghe.

«Nemmeno a me,» concordai. «Forza, ti ho vista sbadigliare. Ti leggo una storia.»

«Okay,» concordò Remy e mi condusse in camera sua. Scelse il libro di una sirena e si infilò sotto le coperte.

Io mi sedetti accanto a lei sul letto e cominciai a leggere. Le palpebre di Remy si fecero pesanti e lei sbadigliò di nuovo. Io resi la mia voce morbida e pacata. Quando ebbi finito di leggere, non mi mossi. Remy si era già addormentata, accoccolata contro di me. Chiusi il libro e lei sospirò mentre il suo corpicino si faceva più pesante.

Il suo respiro rallentò.

Dannazione, era dolce. Mi chinai su di lei e le diedi un bacio sulla testa.

Per paura che, se mi fossi mossa troppo presto, lei si

sarebbe svegliata, rimasi lì dov'ero per altri dieci minuti e mi godetti la dolcezza di avere una piccola umana che mi dormiva contro. Era un qualcosa di prezioso che non avevo mai provato prima e mi fece stringere un po' il cuore.

Avevo sempre voluto dei figli.

Non sapevo dove sarebbe finita quella cosa con Wes, ma il fatto che avesse una bambina e dovessi accettare entrambi non mi scoraggiava affatto. I padri single non erano un problema per me. Semmai, la circostanza rendeva Wes ancora più attraente. Adoravo vederlo in modalità papà, il modo in cui il suo fare burbero si addolciva quando parlava con Remy. Come lei fosse al centro della sua vita.

Significava che avrebbe avuto meno attenzioni a disposizione per me, ma non mi importava. Si era presentato a casa mia con i suoi amici per riparare il mio muro, sebbene fossero stati impegnati al ranch. Nonostante si fosse già concesso del tempo per, ehm... *punirmi.*

Che punizione eccitante era stata.

Sentii il rumore del suo pickup che parcheggiava in garage e il battito del mio cuore accelerò. Il mio corpo sembrava essersi già abituato a eccitarsi in sua presenza.

Mi districai con attenzione da Remy per andargli incontro.

Wes entrò dalla porta e mi mozzò il fiato. Era in tutto

e per tutto un rancher muscoloso e virile e trovavo il fatto che sostenesse del duro lavoro fisico sexy da morire.

Sorrisi mentre avanzavo verso di lui. «Com'è andata?»

Lui si tolse il cappello e avanzò verso di me coi suoi stivali da cowboy. Mi appoggiò le mani sui fianchi. «Bene. Qui invece?»

«Alla grande. Si è addormentata circa un quarto d'ora fa. Ma qualcuno è passato a trovarti.»

Lui aggrottò la fronte. «A trovarmi?» chiese inespressivo. «Chi?»

Feci spallucce. «Una di nome Soraya.»

Lui sbiancò. «Soraya. *Cazzo.*»

«Che c'è?» chiesi, subito allarmata. «Chi è?»

Lui si passò una mano sulla mandibola con un accenno di barba, sembrando esausto. «La mamma di Remy.»

16

WES

MI SI GELÒ il sangue nelle vene.

Joy si allungò verso di me. Avevo le mani sui suoi fianchi prima che mi dicesse di Soraya e a quel punto imitò il mio gesto, sollevando lo sguardo su di me con espressione preoccupata.

Era lei l'unico motivo per cui non stavo scaraventando qualche mobile contro il muro.

«Cazzo,» ripetei. Il mio lupo faceva avanti e indietro ringhiando, scontento che quella lupa fosse venuta lì.

«Sua mamma? Remy non la conosceva nemmeno.» Joy era sconvolta.

Fissai i suoi grandi occhi azzurri, una parte di me

voleva scatenare la propria ira, l'altra era tranquillizzata dalla presenza di quella femmina.

Il che aveva senso.

Lei era la mia compagna.

A differenza di Soraya, appena una sveltina durante una corsa con la luna piena, l'equivalente mutante di una botta e via da ubriachi.

Accarezzai la guancia di Joy col dorso delle dita, desideroso di assorbire la benevolenza che emanava. O che mi suscitava.

Starle accanto era in qualche modo terapeutico.

La rabbia che mi era ribollita dentro sin da quando Soraya aveva abbandonato la sua cucciola di sole poche settimane veniva placata dal tocco delicato di quella femmina. Dalla sua compassione.

Io non ero il tipo che parlava di se stesso. Mi tenevo le cose dentro. Non condividevo molto con nessuno, ma Joy era la mia compagna. Si meritava di conoscere la verità sul mio passato. «Se n'è andata dopo sole poche settimane dalla nascita di Remy. Non era tagliata per fare la madre.»

«Oh, merda.» Joy mi fissò. «Povera Remy. Povero te. Che cosa terribile.»

«È stata la cosa peggiore del mondo. Non perché mi abbia spezzato il cuore, diavolo, no, ma perché ha rinunciato.» Mi passai una mano in viso, consapevole di essere sudato e sporco per aver spostato un sacco di bestiame.

Le mie fatiche al lavoro non erano nulla in confronto a quei primi mesi con Remy. «Non ne sapevo un bel niente dell'occuparsi di un neonato. Partecipavo ai rodei. Avevo stupidamente pensato che il mio compito sarebbe stato portare a casa i soldi per Soraya e la cucciola.»

«La cucciola?» Joy incurvò le labbra verso l'alto mentre mi rivolgeva un'occhiata interrogativa.

Merda. *Merda.* «Voglio dire bambina. Ho detto cucciola?» Scossi la testa. «Cazzo, è stata una giornata lunga.»

«È vero.» Mi prese per mano e mi condusse al divano. Mi scombussolò di nuovo il cervello quando mi tirò via gli stivali da cowboy.

Fu in qualche modo un gesto più intimo del sesso che avevamo fatto. Più intimo della sculacciata eccitante che le avevo dato quel pomeriggio. Più intimo di qualunque cosa avessimo già fatto. Fu semplice. Silenzioso. Mi piaceva l'idea di tornare a casa da lei. Di lei che si prendeva cura di me. Era sexy e gentile allo stesso tempo.

Erano i gesti che avrebbe potuto fare una vera compagna di vita. Qualcuno con cui si sta da anni e con la quale si ha un rapporto di fiducia e cura reciproca.

Sbattei con forza le palpebre di fronte all'improvvisa ondata di emozioni che mi travolse: un miscuglio di bramosia e gratitudine.

Non potei fare altro che fissarla con espressione

famelica e ammirata. Col desiderio e la necessità di un legame profondo. Trassi un lungo respiro, godendomi il suo odore familiare. Avrei riconosciuto il suo odore e lei, ovunque, ormai.

Allungai una mano verso la sua vita e me la attirai in grembo. «Che cosa dolce, cazzo,» ringhiai nel suo collo, per nascondere le mie emozioni.

Lei mi strinse le braccia attorno al collo e mi fece scorrere le dita tra i capelli, arruffandoli dove il cappello me li aveva schiacciati.

«Attenta, dolcezza, sono piuttosto sporco,» la avvertii.

Lei rise. «A giudicare da come Soraya mi ha annusata, mi sa che puzzo anch'io.»

Mi immobilizzai. Cazzo. Sapeva che Joy era umana. Aveva importanza. Non avevo idea del perché fosse passata, ma avevo la sensazione che l'avrei scoperto. La sua visita non era stata una cosa sporadica. Sarebbe tornata, ne ero certo.

«Dunque non ha fatto parte della vita di Remy?» chiese Joy. «Hai tu la piena custodia?»

«Custodia... merda. Non ho alcun documento. Cioè, lei se n'è andata e io ho fatto del mio meglio.»

«E non è mai tornata?»

Ecco la verità scomoda. Una per la quale Joy avrebbe potuto giudicarmi. Gli umani credevano in cose come la custodia congiunta e roba del genere.

«Io, ehm, ho smesso di partecipare ai rodei, ma avevo

sentito dire che era tornata nella nostra città, per cui ho scelto di accettare il lavoro qui al Wolf Ranch.»

«Non ti biasimo per aver posto dei limiti a quel modo,» disse subito Joy. «Cioè, l'ultima cosa che vorresti è che Remy si legasse a lei per poi vederla sparire di nuovo. Una neonata è un conto: loro non si ricordano. Ma una bambina di quattro anni non dimenticherebbe.»

Fui travolto dal sollievo. «Esatto. Sono così felice che tu capisca.»

«Dunque non ha più visto Remy da che se n'è andata?»

Scossi la testa. «No. Come ho detto, viaggiavamo da un evento del rodeo all'altro. Siamo passati per il Montana e Boyd Wolf – un vecchio amico del circuito – è venuto a trovarci. Quando ha visto che stavo crescendo una bambina per strada a quel modo, mi ha offerto un lavoro al Wolf Ranch. All'epoca, sono stato grato dell'opportunità di tenermi alla larga dalla nostra città natale e da lei. Speravo anche che stare qui avrebbe significato che non avrebbe potuto trovarmi facilmente. Trovare noi. Se n'è andata. Ha fatto la sua scelta.»

«Cosa pensi che voglia?» chiese Joy.

Strinsi la mandibola e la presa su di lei. Avrei voluto strapparmi via i vestiti di dosso, mutare e correre, rintracciare Soraya e farla parlare. Ma non avrei abbandonato le mie ragazze. Non in quel momento. Non esisteva, cazzo. «Remy, ovviamente. È qui per Remy. La domanda è perché?»

«Potrebbe essere tornata per te?» A giudicare da come Joy si irrigidì nel pormi quella domanda, mi resi conto che avrei dovuto chiarire quella questione sin dall'inizio.

«Non siamo mai stati insieme. Non c'è mai stato alcun sentimento. Non eravamo una coppia.» Cercai di essere più chiaro possibile affinché capisse che non esisteva alcuna competizione. «È stata una storia di una notte prima che io tornassi a partecipare al rodeo. Non ho nemmeno saputo che fosse incinta fino a quando non sono tornato in città sei mesi dopo. Non me l'ha mai detto. Diamine, non ci eravamo nemmeno scambiati i numeri. Quando l'ho scoperto, ho cercato di fare la cosa giusta prendendo in affitto una casa decente e facendola venire a vivere con me. Ho comprato tutto ciò che sarebbe servito alla bambina, ho reso la casa sicura e tutto quanto. Appena ha potuto, lei se l'è svignata.» Presi il volto di Joy nella mia mano. «Non siamo stati una coppia. Mai, dolcezza. Ti conosco solo da due giorni e provo più cose per te di quante ne abbia mai provate per quella lu...» Mi fermai prima di dire *lupa*.

«Lurida.»

Joy inarcò le sopracciglia ridendo. «Lurida?»

Feci spallucce. «Non voglio chiamarla stronza davanti a te.»

Lei rise e un altro po' della rabbia che mi aveva provocato la visita di Soraya mi abbandonò.

«Mi piace la tua risata.»

Lei si zittì, ma il suo grosso sorriso persisté mentre mi toccava le labbra. «Io voglio sentire la tua.»

Incurvai gli angoli della bocca. «Potrebbe spaccarmi la faccia,» ripetei le prese in giro che mi rivolgevano sempre i ragazzi del ranch. Dicevano sempre che avevo "la faccia fissa da stronzo".

Lei rise di nuovo. «Sono disposta a correre il rischio.»

Diamine. Mi strappò un vero sorriso. E non mi fece nemmeno male.

No, fu bello. Strano, ma bello.

Lei chinò il viso e mi baciò sulle labbra. Io le sollevai la vita e le sistemai le gambe così che fosse a cavalcioni sulle mie, rivolta verso di me, e risposi al bacio.

«Joy, voglio conoscerti davvero. Voglio uscire con te. Conoscere la tua famiglia. *E* scoparti come se non ci fosse un domani.»

Lei ridacchiò e io le slacciai la canottierina dietro il collo.

Il mio lupo si rianimò in fretta ruggendo alla vista delle sue tette perfette, al punto che ebbi paura di avere gli occhi che brillavano.

«Che mi dici di cominciare da quello, stasera?» chiese lei con voce roca.

Le strattonai i fianchi contro i miei, il cazzo già duro. «Sono tutto tuo.»

17

WES

«Cosa pensi che troveremo oggi?» chiesi a Johnny e Boyd mentre sistemavo la coperta sulla schiena di Raggio di sole.

Raggio di sole. Mi faceva pensare a Joy. Avevo ancora il suo sapore sulla lingua per via di una sveltina mattutina prima che Remy si svegliasse.

Eravamo nella stalla al Wolf Ranch a sellare i nostri cavalli. I compiti della mattinata erano stati portati a termine ed era giunto il momento di cavalcare verso il lato occidentale della proprietà per controllare i danni causati dal temporale. Alcune parti del torrente avevano trascinato via degli steccati sul lato orientale – e isolato un paio di mucche - per cui ci aspettavamo qualcosa di simile nella direzione opposta. «Alberi abbattuti?»

«Ehi, Johnny. Credi che Wes sembri sorridere?» chiese Boyd, sollevando la propria sella dalla rastrelliera.

Avvertii Johnny scrutarmi. «Credo tu abbia ragione. Forse trovare la sua compagna era la cura ai suoi modi irascibili.»

«Stavamo cercando di capire che scopa gli si fosse infilata su per il culo. Forse, invece, aveva avuto solamente bisogno di farsi una scopata.»

«Occhio,» ringhiai io, sebbene non potei fare a meno di incurvare gli angoli della bocca verso l'alto.

«Quello *è* un sorriso,» aggiunse Johnny, indicando e sorridendo a sua volta.

Boyd venne da me. Mi diede una pacca sulla spalla. «Buon per te, amico.»

«Buon per Wes, cosa?» Rob entrò nella stalla.

«Ha trovato la sua compagna. Vicina di casa.»

«Sembri un po' tu, fratello,» disse Boyd a Rob. La compagna di Rob era Willow, che, da quanto avevo sentito dire, era vissuta sul ranch confinante al suo.

In quanto alfa, Rob era più tranquillo di Boyd. Più pacato. Non parlava nemmeno altrettanto. Ma quando lo faceva, tutti lo ascoltavano. E non era nemmeno perché usasse il comando alfa. Era stato reso alfa per un motivo.

«Ma davvero?» Rob si infilò i pollici nelle tasche dei jeans.

«Già. Joy Wallace.»

«Fa ceramiche, giusto?» chiese Rob.

Io annuii. «Qualcuno ci ha regalato uno dei suoi vasi per il matrimonio. È sulla credenza in sala da pranzo.»

«Stavamo commentando come stia sorridendo,» disse Boyd.

«L'hai marchiata, dunque. Congratulazioni.» Ora *Rob* sorrideva.

Scossi la testa mentre accarezzavo il muso morbido di Raggio di sole. «Non ancora. L'ho conosciuta solo due giorni fa quando mi sono trasferito. Una compagna predestinata umana è complicata.»

Tutti e tre risero in accordo.

«Diamine, pensi che noi non lo sappiamo?» chiese Boyd. «Ho dovuto minimizzare con Audrey quanto in fretta guarissi dopo essermi fatto incornare da un toro.»

«Io ho dovuto dire a Emma che non solo sono un mutante, ma anche un sicario. Divertente,» aggiunse Johnny.

«Be', occupatene presto,» borbottò Rob. Il che significava far innamorare Joy di me, farle accettare di essere mia, farle accettare che io *e* Remy fossimo mutanti, volere che la mordessi e la marchiassi e, oh, già, farla innamorare di noi.

«Non posso affrettare le cose,» gli dissi. «Ho Remy a cui pensare.»

Rob si appoggiò alla parete della stalla. «Cosa ti preoccupa? A Joy non piacciono i bambini?»

Mi si strinse la gola al ricordo di quanto fosse stata dolce con Remy. «No, lei e Remy vanno d'accordissimo. Ma se non dovesse funzionare? Non voglio che Remy rimanga ferita.»

Rob mi rivolse un'occhiataccia. «Se non dovesse funzionare, i sentimenti di una bambina di quattro anni sarebbero il minore dei tuoi problemi.»

Io mi irritai. «In che senso?» chiesi.

Lui inarcò le sopracciglia. «Delirio da luna piena.»

Delirio da luna piena. Merda. Non ci avevo nemmeno pensato. Doveva essere perché stavo avanzando con l'età, cosa che mi rendeva più suscettibile. Per quanto non fossi l'alfa del mio branco, ero alfa comunque: un altro segnale del fatto che avrei ceduto alla follia che coglieva un lupo che non marchiava la propria compagna predestinata.

«Aggiungici il dirle che sei un mutante e lei che se la dà a gambe invece di farsi marchiare e abbiamo tutti un problema,» disse Rob.

Mi passai una mano sulla nuca. «Merda, mi preoccupa solo di non piacerle abbastanza da convincerla a restare con me. Non voglio che Remy si affezioni e ci rimanga male se con Joy non dovesse funzionare. Sua madre l'ha fatto, ma almeno lei non se lo ricorda.»

Strinsi la mascella al pensiero di Soraya che si era

presentata senza preavviso la sera prima. Dovevo capire che diavolo voleva.

«Se è rimasta dopo il tuo atteggiamento scorbutico dell'altro giorno, allora c'è speranza.» Johnny strinse la fibbia della sua sella.

«Lo so. Devo farla innamorare di me. Di me *e* di Remy. Perché Remy viene per prima. Se Joy non è quella giusta, allora magari il mio lupo si è sbagliato riguardo al fatto che sia la mia compagna.»

«Oppure soccomberai al delirio da luna piena e noi dovremo abbatterti,» aggiunse Rob.

Colton scosse la testa. «Merda, ora chi è quello scorbutico? Non puoi essere felice per lui?»

Rob fece spallucce. «Io sono l'alfa. Devo pensare al branco. Fammi sapere se c'è qualcosa che possiamo fare per aiutarti.»

«In realtà...» esordii io.

Non mi piaceva chiedere aiuto. Avevo una personalità da lupo solitario, ma il branco del Wolf Ranch mi stava insegnando a fidarmi di più.

I tre uomini mi fissavano.

«Si è fatta viva la mamma di Remy. È venuta a casa ieri sera quando stavamo spostando il bestiame.»

«Ti rivuole?» chiese Colton.

«Non so che cosa voglia. Soraya è... be', è una stronza, e ha abbandonato sua figlia.»

Avevano già sentito la mia storia, ma scossero la testa

all'idea di una madre che abbandonava la propria cucciola.

Io scrollai le spalle. «Di certo non è venuta qui per me. Una scopata con la luna piena non significa nulla per lei. Non credo proprio che sia tornata per farsene un'altra, specialmente non dopo quattro anni.»

«È qui per Remy,» dedusse Rob.

Annuii. «È ciò che ho pensato io. Ma perché adesso?»

Rob guardò Johnny e piegò il mento. «Indaga. Scopri tutto ciò che puoi su di lei, così capiremo cosa le passa per la testa. Mi occupo io del tuo cavallo mentre ti metti al lavoro.»

Johnny era il nuovo sicario del nostro branco. Quando Rob aveva offerto ogni genere di aiuto, avevo immaginato fare da babysitter o qualcosa del genere. Ma quello? Sospirai perché era bello avere un branco a coprirmi le spalle. Non ero solo in quella storia.

Johnny annuì. «Ricevuto, Alfa.» Guardò me, mi rivolse un sorriso rassicurante, poi uscì dalla stalla.

«Potrebbe volerci un po', ma scoprirà che intenzioni ha,» mi assicurò Rob. «Se qualcuno nel mio branco viene minacciato, anche da una lupa, voglio saperlo.»

Chinai la testa. «Grazie.»

Lui mi scrutò. «Il tuo compito è far innamorare la tua umana di te. Le alternative non sono un granché.»

Come aveva detto Colton, chi era quello scorbutico, adesso?

18

JOY

Era ormai buio quando mi infilai sotto il getto d'acqua calda con un lungo sospiro. Sarei andata da Wes dopo essermi fatta una doccia e dopo che mi fossi sentita un po' più me stessa.

Chinai il mento, chiusi gli occhi e lasciai che l'unico lusso che mi ero concessa quando avevo comprato casa – la doccia costosa – mi facesse battere l'acqua calda sulla schiena nel modo perfetto. Ero appena tornata da casa di mia mamma e stavo cercando di non sentirmi sconfitta.

Non ero il genere di persona che sostiene di aver avuto una pessima giornata, ma... se lo fossi stata, quella lo era stata. Decisamente.

Gemetti ad alta voce, e il suono riecheggiò tra le piastrelle verdi.

No, avrei dovuto essere grata. Avevo cominciato la giornata con la testa di Wes tra le gambe e probabilmente l'avrei finita nello stesso modo. Dire che avesse talento con la lingua sarebbe stato un eufemismo. Forse ero insaziabile. Forse lui era solo molto bravo, ma ero venuta in fretta. A tempo di record.

Non avevo il minimo motivo di lamentarmi.

Le cose avrebbero potuto andare molto peggio. Avrei potuto soffrire di depressione come mia madre.

Era stata di pessimo umore quel giorno, per cui ero andata a trovarla. Non era stata in grado di trovare un nuovo condizionatore, il che significava che non dormiva e non riusciva a controllarsi. Aveva preso in considerazione l'idea di accettare un appuntamento con Clyde, ma la cosa la metteva in ansia. E se lui avesse cambiato idea e l'avesse rifiutata? Le frullavano in testa i soliti pensieri da donna.

Si era data malata al lavoro quel giorno perché non era riuscita ad alzarsi dal letto. Quando l'avevo vista, era stata in pessime condizioni. Non sapevo mai quando fossero abbastanza pessime da rendere consigliabile portarla in un ospedale o qualcosa del genere.

Non aveva mai cercato di farsi del male, per cui se non altro non dovevo preoccuparmi di quello.

Tuttavia, era mia mamma e volevo che fosse felice.

Era difficile guardare qualcuno che non ci provava nemmeno.

Tanto per alimentare la mia malinconia, era arrivato il perito dell'assicurazione a controllare i danni ed era sembrato che ci sarebbero volute settimane prima che potessi anche solo scoprire quanto mi avrebbero pagato per le riparazioni. Avrei potuto assumere qualcuno che portasse a termine i lavori più in fretta, e sarei stata rimborsata, ma non potevo permettermelo.

Dovevo mettere in pratica la mia idea di fare qualche turno al Cody per racimolare altri soldi. Avrei dovuto quindi trascorrere tutto il giorno nel mio studio e fare poi nottata a versare da bere.

Sospirai di nuovo, stanca al solo pensiero.

Lato positivo. Pensa al lato positivo. I miei affari andavano alla grande e gli intoppi non si palesavano sui clienti. Creavo ceramiche. Si rompevano. Poteva andare molto peggio. Ero abbastanza fortunata da conoscere Cody ed essere già stata una sua dipendente. Sarebbe stato facile per me tornare a lavorare per lui. Ero fortunata ad avere la possibilità di ottenere un lavoro di contorno come quello in una città tanto piccola.

Ero fortunata.

Giusto?

Uscii dalla doccia, mi avvolsi un asciugamano attorno al corpo e poi mi diressi in camera mia per trovare dei vestiti. Era ancora un disastro all'interno. Il letto ribaltato su un lato, che bloccava per la maggior parte il mio armadio. Non ero nemmeno entrata con una scopa per spazzare via le macerie perché non ero stata certa che il tetto non mi sarebbe crollato addosso se l'avessi fatto. Non c'era luce visto che il soffitto era crollato tirandosi dietro il lampadario, per cui dovevo affidarmi a quella del corridoio per cercare di vederci qualcosa.

«Joy?» Il suono della voce profonda di Wes che mi chiamava dalla porta sul retro non mi spaventò. Mi fece scorrere un brivido di piacere e conforto lungo la schiena. Come se il posto di Wes fosse stato in casa mia. E nella mia vita.

«Sono in camera da letto,» esclamai.

«Sarà meglio di no.»

Sorrisi del suo ringhio autoritario.

«Be', i miei vestiti sono qui. Non posso andarmene in giro nuda, no?»

I suoi passi pesanti annunciarono il suo arrivo. «Non è sicuro.» Nel giro di pochi secondi, fu in camera da letto, a sollevarmi dalla vita e farmi roteare per poi rimettermi in piedi a metà giravolta. Il mio asciugamano si sciolse e cadde.

«Cazzo, dolcezza.» I suoi occhi brillarono di verde mentre mi fissava rapito. Abbassò sui miei seni e ringhiò con fare animalesco. «Decisamente nulla di male nello stare nuda,» borbottò, chinandosi per recuperare il mio asciugamano mentre osservava il mio corpo.

Ridacchiai e i miei capezzoli si indurirono.

Lui mi riavvolse nell'asciugamano concedendosi più tempo di quanto fosse necessario. «Ti prendo *io* i vestiti. Cazzo, mi spiace di non averci pensato ieri. Ma perché sei qui, comunque? Non solo non sono sicuro che il tuo tetto non crolli, ma ci sono dei cavi scoperti. Potresti prendere la scossa.»

Fui di nuovo preda di un senso di sconfitta. Non mi stava aiutando a mantenere un atteggiamento positivo.

Casa mia era un disastro e avrei dovuto vivere così per settimane se non mesi.

«Perché non ti sei fatta la doccia a casa mia?» volle sapere.

Io afflosciai le spalle. «Ho... ho avuto una brutta giornata. Avevo solo bisogno di stare da sola per un po' e riprendermi prima di venire da te.»

«Riprenderti?» Wes mi sollevò e passò l'avambraccio sotto le mie natiche prima ancora che mi rendessi conto di cosa stesse succedendo. Mi bloccò contro la parete del corridoio e premette il proprio corpo contro il mio, avvicinandosi a un soffio dal mio viso, i miei piedi sospesi a una ventina di centimetri da terra. Il suo cazzo duro premeva dritto contro la mia fica attraverso i suoi jeans. Gemetti, poi ondeggiai i fianchi. «Cosa vuol dire?»

Sospirai. «Vuol dire che non volevo disturbare te o Remy con il mio cattivo umore o la mia brutta giornata.»

Lui sbuffò una risata. «Tu? Di cattivo umore? Penso di essere io quello sempre di pessimo umore. Dolcezza, non devi riprenderti per me. Non devi nascondere le tue brutte giornate. Nemmeno a Remy. Ha quattro anni. So che l'hai vista piangere e fare i capricci. E io, be', suppongo di avere la mia perenne versione da adulto.»

Mi pungevano gli occhi. Cavolo. Non volevo piangere, sebbene ciò che aveva detto fosse divertente. E vero.

Cercai di baciarlo, di deviare quel vortice di emozioni, ma lui rimase immobile, senza ricambiare il bacio.

Mi ritrassi, perplessa.

«Ti scoperò fino a farti perdere i sensi, se è ciò che ti serve, ma forse ciò di cui hai bisogno veramente è un bel pianto. Se così fosse, preferirei abbracciarti e ascoltarti.»

Mi sfuggì di gola un singhiozzo. Io non *volevo* piangere. Nemmeno lì nel bel mezzo del disastro che era casa mia, il posto perfetto per permettere ai miei sentimenti di soffocarmi.

«Mettimi giù,» dissi in tono strozzato.

Wes aveva la fronte aggrottata. Mi rimise in piedi, ma non mi lasciò andare. Io gli spintonai scherzosamente il petto per farlo spostare – di certo non volevo starmene lì a sentirmi tanto esposta mentre mi fissava – ma lui non si mosse.

Dio, mi sentivo più esposta di quando l'asciugamano era caduto a terra solo un minuto prima lasciandomi nuda.

«Wes,» esalai.

«A me pare,» disse lentamente lui, scrutandomi, «che tu sia il tipo di persona tanto brava a sollevare il morale agli altri. Sei allegra e gentile. Sei il raggio di sole nel bel mezzo di una tempesta.»

Sbattei con forza le palpebre, ma le lacrime stavano cominciando a scendere.

«Amo questa cosa di te,» ammise.

Amava quella cosa di me.

«Ma va anche bene che tu non sia di buonumore.»

Appoggiai la fronte contro il suo ampio petto muscoloso e iniziai a piangere sul serio, ormai. Le sue braccia mi si strinsero attorno.

«Non devi sempre trovare il lato positivo in ogni situazione. A volte, le cose fanno schifo e basta. O si rompono, come il tuo dannato tetto. Possiamo nasconderci sotto le coperte insieme stringerci tra le braccia e farci compagnia attraverso il dolore. Fintanto che sia il mio letto, non il tuo.»

Oddio.

Persi del tutto il controllo.

Singhiozzai contro il petto di Wes, senza nemmeno sapere con certezza da dove provenissero tutte quelle emozioni. Supposi da metà vita passata a contrastare con l'allegria la depressione di mia madre.

Cosa sarebbe successo se la mamma mi avesse vista piangere? Sarebbe sprofondata ulteriormente in uno dei suoi attacchi? Dovevo sempre mostrarle cosa significasse essere felici.

Wes non si mosse, si limitò ad accarezzarmi la schiena con la sua grossa mano. Era la mia roccia, a stringermi e permettermi di tirare fuori tutto.

Alla fine, dato che mi sembrava così fuori controllo piangere, eppure anche tanto bello, cominciai a ridacchiare tra le lacrime.

Wes allontanò il mio viso dalla sua camicia ormai bagnata e abbassò lo sguardo preoccupato. «Stai ridendo?»

«Sì. No. Credo di sì,» risi tra le lacrime. «Piangere è così bello che sto ridendo.» Risi più forte, le lacrime che mi scendevano lungo le guance.

A lui sfuggì una risata dalle labbra.

«Hai riso!» lo accusai, puntandogli un dito in faccia. La sua espressione mi fece ridere così forte che mi vennero i crampi allo stomaco. Mi piegai in due e gli diedi una manata sul petto.

Lui ridacchiò.

Io risi più forte.

Poi, all'improvviso, fummo sul pavimento del mio corridoio, io in braccio a Wes, appoggiata a una delle sue forti braccia. Mi asciugai le lacrime, alternando risate a pianto.

Wes ridacchiava e mi dava baci sulla testa.

Alla fine, esausta, io mi lasciai andare nella sua stretta e sospirai.

Lui mi accarezzò un braccio. «Cos'è successo oggi, dolcezza?»

«Non è stato nulla, davvero. Solo che non otterrò i soldi dell'assicurazione per sistemare la casa per almeno un altro mese circa e... mia mamma.»

«Sta bene?»

«Sì. Cioè, fisicamente, sì. Mentalmente, se la sta passando male. Soffre di depressione sin da quando ha divorziato da mio padre.»

Wes borbottò. «È stata brutta?»

Annuii. «È stata brutta. C'è stata una battaglia legale per la mia custodia che è andata avanti per anni. Probabilmente riguardava più la circostanza che mio padre non volesse pagare gli alimenti che non la nostra convivenza. Mia mamma non è mai riuscita a sostenere lo stress di quella situazione.»

Wes mi baciò la spalla nuda. «E tu ti sei assunta il compito di risollevarle il morale.»

Mi immobilizzai. L'avevo fatto? «Già.» Piegai il collo per guardarlo. «Hai ragione, suppongo sia così.»

«Ha senso. Lei era tua mamma, la figura dalla quale dipendevi per sopravvivere, da bambina. Ovviamente, il suo benessere mentale era di vitale importanza per la tua stessa sopravvivenza. Sei diventata Miss Raggio di Sole.»

Ciò mi provocò altre lacrime, il cuore che si riempiva di compassione per la giovane me. «Già, Miss Positività Tossica.»

«Non tossica,» mi assicurò Wes. «Ma forse eviti le emozioni spiacevoli perché ti fanno paura.»

Sbattei le palpebre. «Già.» Mi balenarono nella mente ricordi di mia mamma che restava turbata se stavo male o ero triste. «Non volevo farla sentire triste. E soprattutto non volevo finire come lei.»

«Non se la cava bene, adesso?»

«Oggi? No. Non dorme bene, il che peggiora la sua depressione. Le ho portato la cena e ho cercato di rallegrarla, ma...» Sospirai.

«Come posso aiutarti?»

«Hai un condizionatore extra in giro da qualche parte?» scherzai.

«In realtà, sì.»

Tirai su di scatto la testa. «Davvero?» chiesi sconvolta.

Lui ghignò. Ghignò davvero. Quel sorriso gli trasformò il viso scaldandomi il petto. «Sì. È al ranch. Suppongo abbia fatto parecchio caldo l'estate scorsa e Johnny ha comprato un'unità da installare alla finestra per la sua stanza nella baracca.»

«Non la usa?»

Wes scosse la testa. «Nah. Rob ha fatto mettere l'aria condizionata. Lo porterò a casa domani e possiamo darlo a tua madre. Ve lo installerò io. Che te ne pare?»

«Mi pare fantastico. Grazie mille.»

«Bene.» Mi spostò di dosso e si alzò. «In questo preciso istante, io trasferirò i tuoi abiti fuori dalla camera da letto e tu muoverai quel tuo dolce culetto in casa mia. E stanotte, dopo che Remy sarà andata a letto, ti toccherà una punizione per esserti messa di nuovo in pericolo.» Il volto di Wes assunse un'espressione lupesca.

Mi si contrasse la fica. Mi si indurirono i capezzoli.

«Ah sì? Che genere di punizione?» Feci le fusa.

«Del genere per cui finisci col culo rosso e la fica che gocciola.» La voce di Wes era roca e profonda.

Il mio clitoride pulsava a ritmo lento e costante. Adoravo che lui fosse autoritario. Burbero. Adoravo che fosse così eroico da rendersi presente per me come nessuno aveva mai fatto prima.

Sembrava folle e troppo presto, ma mi stavo innamorando di quel tipo. Di brutto.

Lui mi strinse il culo in una rozza presa possessiva, per poi baciarmi con trasporto.

«Non vedo l'ora,» dissi quando lui interruppe il bacio.

I suoi occhi scintillarono nel buio. «Cazzo. Nemmeno io.»

19

WES

La sera seguente dopo il lavoro, io, Remy e Joy portammo il condizionatore a casa della mamma di Joy.

Essendo stata avvertita, la signora Wallace ci attendeva sulla porta d'ingresso quando accostammo con l'auto. Se Joy non mi avesse detto che soffriva di depressione, non l'avrei mai detto. Lei e Joy si assomigliavano così tanto con i loro capelli chiari e gli occhi azzurri. Per quanto quelli della signora Wallace non fossero vitali quanto quelli della figlia, di certo si illuminarono alla vista di Remy.

Avrei dovuto aggiungere dei marshmallow extra alla cioccolata calda di Remy perché fece subito amicizia con la *Signora Wall*, sfinendola con i racconti della sua giornata all'asilo e poi estorcendole dei biscotti fatti in casa.

Tutto ciò che avevo fatto io era stato stringerle la mano quando Joy ci aveva presentati, per poi installare l'unità alla finestra della sua camera da letto.

Notando quanto erano felici – già, felici – tutte e tre, decisi di lasciare che si divertissero un po' tra donne e me ne andai a casa.

Grazie a Dio lo feci.

Nemmeno dieci minuti dopo il mio ritorno, comparve Soraya. Non ero certo che il suo tempismo fosse stato voluto o meno.

«Sono qui per Remington,» disse dopo che ebbi aperto la porta e mi fui appoggiato allo stipite. Non avevo intenzione di farla entrare e quell'azione lo rese palese.

«Si fa chiamare *Remy*, cosa che sapresti se fossi rimasta nei paraggi.»

Soraya piegò un fianco, lasciando cadere le spalle sconfitta. «Voglio essere la sua mamma.»

Non avevo più visto Soraya per tutto quel tempo. Sembrava sempre la stessa. Stava perfino bene. Capelli neri lisci. Pelle chiara. Alta e magra. Ma io sapevo cosa si celava nel suo cuore. Conoscevo la sua natura, ed era pessima.

«Già, allora suppongo non te ne saresti dovuta andare quattro anni fa,» ribattei.

«So che non me ne sarei dovuta andare. È solo che

ho avuto paura. Non ne sapevo nulla di come si crescesse un cucciolo e lei era così piccola e indifesa.»

Per il Destino, mi ricordavo di quelle lunghe notti a tenere in braccio una neonata che piangeva e non voleva dormire. A maledire Soraya per averci abbandonati.

«Non ne sapevo nulla nemmeno io,» ribattei. «Però io non ho abbandonato quella piccola cucciola la cui vita dipendeva da me.»

«Già, sapevo che tu te la saresti cavata meglio. Immaginavo che io l'avrei rovinata. Ero un disastro. Ma sono migliorata, adesso, e la rivoglio. È mia figlia.»

«Qual è la versione femminile di un donatore di sperma? Una madre surrogata? Tu sei stata solamente un grembo in cui farla crescere. Nient'altro.»

Ero stato brusco? Diamine, sì.

Guardai il suo volto scurirsi. Qualunque ruolo avesse recitato prima – la donna addolorata o onesta – non era stato altro che quello. Un ruolo.

«Cosa vuoi davvero, Soraya?»

«Voglio Remy.» Incrociò le braccia il petto. Il contrasto tra lei e Joy era palese. Soraya trasudava... avidità. Voleva Remy per qualche motivo e si aspettava di ottenerla. Pensai a cosa aveva detto Joy riguardo a suo padre che aveva lottato per la custodia in modo da evitare di pagare gli alimenti. Voleva Remy così che le pagassi il mantenimento?

Non fosse che era pazza se pensava che avrei mai rinunciato a mia figlia. Avevo un cuore. A differenza sua.

Era passata da me come a chiedermi una tazza di zucchero, come se io gliel'avrei data per poi permetterle di andarsene via. Perché lo zucchero non si restituisce.

Joy era generosa. Lei dava fino a svuotarsi. Sapevo cosa significava. Sarebbe stato compito mio in quanto suo compagno riempirla di nuovo secondo necessità perché la sua radiosità riempiva me.

Soraya, d'altro canto? Lei era una sanguisuga.

«Non esiste.»

Lei inarcò un sopracciglio. «Davvero? Non hai voce in capitolo.»

«Ah no? Ma sei pazza? È mia dall'istante in cui mi hai detto che era troppo, che dovevi tirartene fuori. È mia figlia. La mia vita, cazzo. Ho *tutta* la voce in capitolo.»

Lei non demorse. Non batté nemmeno ciglio. «Quando il consiglio verrà a sapere che te la fai con un'umana, la daranno a me.»

Raggelai. Avrei anche voluto allungare le mani e strozzarla, ma non l'avrebbe uccisa. Mi stava minacciando con Joy.

«Sento il suo odore su di te.» Arricciò il naso come se si fosse trattato di una puzza sgradevole.

Io amavo avere l'odore di Joy addosso. Tranquillizzava il mio lupo.

Sollevai il mento. «Sparisci, Soraya. Torna in

qualunque buco tu sia stata rintanata per tutto questo tempo. Lasciaci in pace, cazzo.»

Lei fece un passo verso di me. Tirò indietro il mento così da incrociare il mio sguardo. «Richiederò un'udienza al consiglio e saranno dalla mia parte.»

«Già, buona fortuna,» ringhiai sebbene non ne fossi tanto sicuro.

Il consiglio sarebbe stato dalla sua parte? Prendevano le decisioni a favore delle lupe basandosi sulla loro biologia? Cercavano di impedire che una cucciola venisse cresciuta in una famiglia mista?

«Tornerò.» Soraya percorse il vialetto gettandosi i lunghi capelli folti dietro le spalle.

La guardai fino a quando non fu nella sua auto diretta verso il fondo della via. Poi tirai fuori il cellulare e chiamai Johnny.

«Hai trovato qualche informazione?» gli chiesi.

Johnny rise. «Ciao anche a te. Sei tornato a essere il solito scorbutico, pare. La tua compagna non dovrebbe essere...»

Lo interruppi. «Soraya è venuta di nuovo a trovarmi. È qui per Remy.»

«Merda, amico. Mi dispiace. Lasciami controllare le e-mail per vedere se il mio contatto nel tuo vecchio branco mi ha risposto.»

Entrai in casa, chiusi la porta d'ingresso e presi a fare avanti e indietro. Grazie al cielo le ragazze non c'erano.

Le avrei spaventate. Per fortuna ci sarebbe stata la luna piena l'indomani e avremmo potuto correre.

«Ancora nulla.»

Mi sfregai la fronte con un sospiro. «Merda.»

«Se dovese esserci qualcosa, lo scopriremo,» promise.

«C'è qualcosa. Quella donna è come Jekyll e Hyde. Sta facendo di tutto per mostrarsi dolce, così che io ceda, ma quando mi oppongo, tira fuori gli artigli.»

«Sembra divertente,» borbottò Johnny.

«Ha accennato al voler coinvolgere il consiglio.»

«Non ho ancora sentito nulla,» disse lui. «Lo saprei perché tu fai parte del mio branco e io vi proteggo.»

Johnny era un ragazzino in confronto a me e aveva il compito di proteggermi. Apprezzavo lui e la sua offerta.

«Fammi sapere appena sai qualcosa.»

«Ma certo.»

Ora dovevo attendere. Cercai di essere positivo come Joy ma dopo averci provato per due secondi, capii che non avrebbe funzionato.

La mia ex voleva Remy. Non sarei stato felice fino a quando quella questione non fosse stata risolta, cazzo.

20

JOY

Non mi ricordavo di aver mai visto mia madre così... radiosa.

La piccola Remy aveva messo in atto i propri sotterfugi da bimba di quattro anni su di lei e aveva ottenuto dei biscotti. Della cioccolata calda. Un film sulle principesse. Una copertina speciale per i film: una mia vecchia copertina rosa che mamma aveva trovato nell'armadio. Perfino del succo di mela con due ciliegie al maraschino dentro.

Dire che Remy fosse stata viziata sarebbe stato un eufemismo.

Dire che a me non importasse perché la mamma ne

stava adorando ogni secondo sarebbe stato un altro eufemismo.

La mamma sorrideva.

La mamma rideva.

La mamma faceva le coccole.

La mamma si stava comportando come quando ero piccola.

Pensavo che fosse guarita dalla sua depressione? Diavolo, no.

Ma era stata una buona giornata e, si sperava, lei e Remy avrebbero potuto passare di nuovo del tempo insieme.

Quando Wes venne a prenderci, dovette trasportare Remy in braccio fino all'auto perché si era addormentata. Non si svegliò nemmeno quando la infilammo sotto le sue coperte una volta arrivati a casa.

«Che succede?» chiesi dopo che lui ebbe chiuso la porta della sua cameretta. Sapevo che il silenzio in auto non era dovuto al rischio di svegliare sua figlia. Se aveva dormito durante il temporale che aveva fatto cadere un albero sopra casa mia, avrebbe potuto farlo anche mentre parlavamo.

No, qualcosa non andava. Ero abituata alla natura irascibile di Wes, ma da lui emanavano rabbia e frustrazione. Lo strinsi forte tra le braccia.

«Dimmelo,» dissi contro la sua camicia.

«È tornata Soraya.»

Mi ritrassi e sollevai lo sguardo su di lui.

«Che è successo?»

«Ha detto di volere Remy. Le ho detto di sparire.»

«Ha detto perché?»

Lui strinse i denti e scosse la testa.

Gli presi le mani. «Cosa facciamo?»

Io non ne sapevo nulla di leggi sulla custodia dei figli, ma sapevo che lui era un ottimo padre. Se Soraya aveva abbandonato la propria figlia subito dopo la nascita, allora doveva esserci qualche precedente per cui Wes avrebbe mantenuto la custodia. Tuttavia, la cosa faceva paura e Remy non era nemmeno mia figlia.

Ero coinvolta. Soffrivo per Wes e provavo dei forti sentimenti nei confronti di Remy.

Lui curvò un angolo della bocca verso l'alto. «Mi piace che tu abbia detto "facciamo".»

Gli salii in grembo e gli presi il viso tra le mani. «Tu hai aiutato me, ora io aiuterò te.»

In qualche modo.

«Dovremo aspettare di vedere cosa succederà ora. Reagire di conseguenza.»

Era una risposta vaga, ma in realtà non c'era molto da fare finché non avessimo avuto qualcosa a cui reagire e rispondere.

Fino ad allora, avremmo dovuto aspettare. Dovevo tranquillizzare Wes in qualche modo. Forse le parole avrebbero funzionato un po', ma sapevo cosa lo avrebbe placato perché, quando io ero rimasta sconvolta dall'albero che era caduto in casa mia, lui aveva capito cosa avrebbe placato me.

Lo baciai. Con trasporto.

Lui rispose al bacio e assunse il controllo. Sì, ne aveva bisogno. Glielo avrei concesso.

Agitai i fianchi contro di lui e la mia fica si allineò perfettamente al tessuto ruvido in denim dei suoi jeans.

«Wes,» sussurrai.

«Mia,» ringhiò lui. Poi mi afferrò i fianchi e si alzò.

Io avvolsi le gambe attorno alla sua vita mentre mi portava nella sua camera da letto. Avremmo scoperto cosa fare riguardo a Soraya. Insieme.

21

JOY

IL GIORNO SEGUENTE, ero di nuovo seduta sul prato sul retro della grossa casa sul ranch di Rob e Willow Wolf. Marina mi aveva invitata a passare del tempo con le donne del Wolf Ranch quella sera mentre gli uomini spostavano altro bestiame.

Visto che casa mia era al limite dell'inagibile, quantomeno per il momento, e che c'era la possibilità che quella pazza di Soraya passasse di nuovo a trovarci, ero entusiasta di passare la serata lontano da casa di Wes.

Remy era dentro a guardare un film assieme a Lily, la figlia di Clint, un altro dei rancher.

Avendo vissuto a Cooper Valley per tutta la mia vita, conoscevo la maggior parte delle donne presenti, ma fu un piacere poterle conoscere meglio. Sorseggiammo vino e ci gustammo un meraviglioso tagliere di salumi. Sembrava che Marina facesse più che preparare dolci. Io adoravo sentirmi parte del loro gruppo. C'era una sensazione di cameratismo e non solo tra gli uomini. Fortunatamente per me, sembrava che dall'istante in cui avevo cominciato a uscire con Wes, mi avessero inclusa nella loro gang.

Ne ero onorata.

Il gruppo comprendeva Marina, che adoravo, e sua sorella Audrey, la moglie di Boyd Wolf e ginecologa del posto. Poi c'era Becky, che lavorava come infermiera assieme a Audrey. La bimba, Lily, era sua.

C'erano la moglie di Cody, Riley, ed Emma, una nuova arrivata di Los Angeles che usciva con Johnny. Natalie possedeva la tenuta accanto al Wolf Ranch e l'ultima a chiudere il cerchio era Charlie, la veterinaria del ranch.

«Dov'è Willow?» chiesi, riferendomi alla moglie di Rob Wolf.

«Oh, sta aiutando gli uomini, in realtà,» rise Marina.

«Buon per lei.» Mi infilai un'oliva in bocca. Willow sembrava una tipa tosta. Se non avevo capito male, aveva lavorato sotto copertura per l'FBI al ranch di Natalie quando aveva conosciuto Rob. Follia!

Proprio allora, Lily uscì di corsa, la zanzariera che

sbatteva alle sue spalle. «Mamma, voglio correre anch'io assieme ai lupi!»

Un paio di donne mi lanciarono un'occhiata e risero mentre Becky si prendeva in braccio la bambina per farle due coccole.

«Siamo le *Donne che corrono coi lupi*?» Mi ricordai del libro che mia mamma aveva tenuto sul comodino anni prima.

Marina emise una risatina leggera. «Be', questo *è* il Wolf Ranch, per cui dobbiamo creare tutti i collegamenti coi lupi che riusciamo.»

«Giusto,» concordai e mi alzai. «Fatemi andare a controllare Remy,» dissi, visto che sarebbe rimasta da sola in casa, a quel punto. Era stata al ranch più volte di me visto che passava il tempo lì mentre Wes lavorava, ma la casa era grande e io sapevo che aveva un po' paura della regina cattiva del film.

«È andata a correre coi lupi,» disse Lily, stretta al petto di sua mamma.

«Ah, davvero?» chiesi allegra. «Be', magari ci vado anch'io.» Entrai nel salotto dove le bimbe avevano guardato il film, ma Remy non c'era.

Dov'era?

Guardai nel bagno e nella cucina, ma non la vidi. «Remy?» chiamai.

Fui percorsa da un timore.

«Remy?» urlai.

Ora capivo perché Wes era stato così scorbutico la sera in cui ci eravamo conosciuti. Si era preoccupato perché non riusciva a trovare la sua bambina. Ovvio che l'aveva fatto. E in quel momento anch'io stavo lottando contro il senso di panico crescente.

Tornai in fretta in cortile. «Lily, dove hai detto che è andata Remy?»

Lily indicò un punto lontano da casa. «Fuori. A correre coi lupi.»

Fuori. Okay.

Probabilmente non c'era nulla di cui preoccuparsi. Il ranch era sicuro. Remy era soltanto fuori in veranda.

Speravo. Tuttavia, il battito del mio cuore accelerò mentre cambiavo direzione e tornavo di corsa in casa – giusto nel caso in cui si fosse nascosta all'interno – e la attraversavo per arrivare alla porta d'ingresso.

«Remy?» Spalancai la zanzariera e uscii.

I vestitini di Remy erano sparsi lungo i gradini.

Eh?

Becky mi seguì all'esterno con Lily in braccio. «L'hai trovata?»

«No, ma ho trovato i suoi vestiti.» Indicai la pila.

«Oh,» disse Becky.

«REMY!» Alzai la voce e urlai nella notte fresca del Montana. La luna era piena, per cui se non altro riuscivo a scorgere qualcosa mentre esaminavo il paesaggio circostante.

«Si è tolta i vestiti per fare il lupo,» disse Lily.

«Ohhh.» Becky sembrava comprendere sua figlia meglio di me. «Voleva trovare suo papà?»

Lily fece cenno di sì con la testolina bionda. «Sì. È corsa su per la montagna.»

Oh, merda.

«Cosa?» Cercai di mantenere la voce calma per non spaventare Lily, ma adesso ero davvero preoccupata. «Su per la montagna?»

Remy che correva nuda su per la montagna? Porca miseria!

La voce di Becky era tesa quanto la mia. «Okay, non può essere andata lontano. Fammi andare a chiamare le altre, ci divideremo e la troveremo.»

«Giusto.» Corsi in casa a prendere il mio telefono per usare la torcia e le altre entrarono dal cortile sul retro.

«Dovrei chiamare Wes,» dissi, componendo il suo numero.

«Io, ah, non credo che il loro cellulare prenda dove si trovano,» disse Audrey. «Potremmo dovercela cavare da sole per un po', ma la troveremo. Non può essere andata lontano.»

«Giusto. Lily è uscita solo un minuto fa,» concordò Becky, stampandosi in volto un sorriso nervoso. «Probabilmente appena dopo che Remy se n'è andata.»

«No, ho guardato il film per un po',» disse Lily. «Lei se n'è andata prima che i topi cominciassero a ballare.»

Lottai contro il panico, correndo fuori. «REMY!»

«Da che parte è andata, Lils?» chiese Becky a sua figlia, restandomi accanto.

Io attesi che la bambina indicasse, dopodiché ci fiondammo entrambe in quella direzione.

Audrey indicò verso destra. «Io e Marina andiamo da questa parte,» disse. «Riley, tu ed Emma andate di là.» Accennò a sinistra, dov'eravamo dirette io e Becky.

«Io prendo un cavallo,» si offrì Charlie. «Posso provare a raggiungere i ragazzi per avvertire anche loro.»

«Vengo con te,» disse Natalie.

Remy sta bene. Remy sta bene, mi dissi.

Proprio com'era stata al sicuro a mangiare un ghiacciolo sulla mia veranda quando Wes non era riuscito a trovarla il giorno del trasloco. In quel preciso istante, era al sicuro.

Tuttavia, era nuda su per una montagna di notte. Il tempo era bello, non c'era probabilità che arrivasse un temporale come quello delle ultime sere, e faceva caldo. Ma le probabilità che si perdesse o venisse morsa da una vipera o...

No, dovevo smetterla.

Non potevo pensarla a quel modo. L'avremmo trovata.

Mi si strinse il petto d'amore per quella bambina. Il ricordo di lei che si addormentava contro di me, del suo chiacchiericcio felice con mia madre la sera prima e dei grossi abbracci che mi dava ogni volta che mi vedeva mi fece inumidire gli occhi.

Ma non c'era motivo di piangere. Lei stava bene! Bene! L'avremmo trovata.

«Remy!» esclamai.

Sentii Audrey e Marina chiamarla da destra ed Emma e Riley che la chiamavano alla nostra sinistra. Un rumore di zoccoli ci superò di corsa mentre Natalie e Charlie seguivano il sentiero che saliva lungo la montagna.

«Remy?» Avevo il cuore in gola e lo stomaco stretto in una morsa. Stava diventando difficile respirare. Più i minuti passavano senza che la trovassimo, più davo di matto.

«Una di noi sarebbe dovuta rimanere a casa,» mi resi conto, fermandomi per un istante. «Torna tu,» dissi, a Becky perché trasportare una bambina di due anni per una scarpinata di notte era più difficile di quanto lo facesse sembrare. «Nel caso in realtà sia ancora a casa o ci torni.»

«Ottima pensata.» Becky annuì. «Dammi il tuo numero, ti chiamo se vedo qualcosa o se davvero si sta solo nascondendo o qualcosa del genere.»

«Oddio, non ho il numero di nessuno!» Mi tremavano le mani mentre sbloccavo lo schermo del mio cellulare per inserire il suo numero in rubrica.

«Mando un messaggio di gruppo, così avrai quello di

tutte,» mi rassicurò Becky. «Ce l'ho già pronto. Dammi solo il tuo numero.»

Le comunicai le cifre seguite da un rapido abbraccio nervoso prima che ci dividessimo. Una volta rimasta sola, fu ancora più difficile restare positiva.

Remy poteva essere ferita. Essersi persa.

E se non l'avessimo trovata prima che le fosse successo qualcosa di terribile?

E se... oddio! E se sua madre fosse venuta al ranch e l'avesse rapita?

No, non poteva essere. Lily aveva detto che aveva voluto correre coi lupi. L'avrebbe detto se fosse uscita assieme a qualcuno.

Continuai a camminare e a urlare il suo nome fino a perdere la voce.

In lontananza, sentii l'ululato di un lupo.

Mi si rizzarono i peli sulle braccia. Quando un coro di altri lupi rispose all'ululato, ebbi davvero paura. E se fosse stato il richiamo vittorioso di una battuta di caccia?

E se la caccia avesse fruttato loro una bambina di quattro anni?

Mi cedettero le ginocchia dalla paura. «Remy?» urlai. «REMY! Dove sei?»

22

WES

L'ULULATO caratteristico di Rob era un richiamo e ci fermammo tutti per dirigerci da lui. Nell'istante in cui colsi l'odore di cavalli, seppi che qualcosa non andava. Le donne dovevano essere arrivate in sella fino a lì perché era successo qualcosa. Non c'era altro motivo per loro di farlo. Sapevano che era una distrazione, e rendeva i cavalli irrequieti.

Corsi su per la cresta su cui si trovava Rob, in forma umana, assieme a Charlie e Natalie.

«Remy è fuori sulla montagna,» disse in tono brusco, non volendo che io mutassi. «Ha detto di voler correre coi lupi. Le donne la stanno cercando. Va' subito, io ti manderò dietro gli altri.»

Mi girai di scatto e corsi giù per la montagna, le zampe che scivolavano sulle rocce per via della mia velocità. Mi fermai quando sentii delle voci gridare. Erano le donne che chiamavano Remy. Drizzai le orecchie, in cerca della risposta di mia figlia.

Eccola.

Non ero certo di aver sentito proprio la sua voce o se fosse solo il mio istinto di lupo a guidarmi, ma ero sicuro di quale direzione prendere.

Mi voltai e galoppai giù per la montagna. Il suono ansioso della voce di Joy che chiamava Remy si fece più forte. Anche la mia compagna era sulla pista giusta.

Ovvio che lo era. Perché era la mia compagna. Umana o meno, aveva un istinto nei confronti della sua cucciola. E sì, ormai credevo che Remy fosse la cucciola di Joy, anche dopo averla conosciuta per meno di una settimana. Provava più affetto per mia figlia e si assumeva più responsabilità nel prendersi cura di lei di quanto avesse mai fatto Soraya.

Non potevo pensare alla madre biologica di Remy in quel momento, però.

Che gran casino.

In quel preciso istante dovevo trovare Remy.

«Joy!»

Eccola.

Avevo sentito un suono debole ed esile, ma ero certo che fosse lei. Mi fermai il tempo necessario a ululare e far sapere al branco che ero sulle sue tracce, per poi correre in direzione della sua voce.

«Remy?» Anche Joy l'aveva sentita. «Dove sei, piccola? Sto arrivando!»

Mi fermai di scatto sul bordo di un precipizio e guardai giù. La mia bambina era sul fondo. Nuda, a parte i sandaletti.

Che il Destino mi aiutasse.

Sollevai il muso alla luna e ululai, facendo sapere al branco di averla trovata.

«Papà!» urlò Remy, riconoscendo il mio lupo. Agitò le piccole braccia. «Sono quaggiù!»

«Ti vedo, Remy!» Joy stava già scivolando lungo il bordo opposto del burrone. Merda, avrebbe potuto farsi male!

Balzai sulla cengia sotto di me, poi su un'altra, percorrendo il ripido dirupo un pezzo alla volta fino ad arrivare di sotto.

Corsi verso Remy, che mi gettò le braccia attorno al collo cominciando a piangere.

«Remy...Non muoverti!» Per un brevissimo istante, non riuscii a comprendere la tensione e la paura nella voce di Joy.

Poi mi resi conto. Aveva paura di *me*.

Del suo stesso compagno.

Non mi aveva mai visto sotto forma di lupo. Ancora non sapeva che cosa fossi.

L'uggiolio dei miei compagni di branco che arrivavano e si radunavano sull'orlo del burrone sopra di noi non fece che alimentare la paura di Joy. Lanciò loro una rapida occhiata mentre si chinava per raccogliere una grossa pietra, avanzando lenta e furtiva verso di noi. Strinse la pietra e la tenne di fronte a sé, pronta a usarla.

«Allontanati piano dal lupo, Remy,» la avvertì Joy. La sua voce era calma e controllata, ma io ne percepivo il timore. Il sudore le imperlava il viso e aveva gli occhi spiritati. Soppesava la pietra nella mano come una palla da baseball.

«Non voglio,» si lagnò Remy, non comprendendo perché avrebbe dovuto lasciare suo padre.

«Va tutto bene. Vieni verso di me,» la attirò Joy con la mano libera, continuando ad avanzare verso di noi.

Poi caricò il tiro proprio come un lanciatore e mi scagliò contro la pietra. Io dovetti scartare di lato per evitare di farmi colpire in testa. Se si fosse trattato di chiunque altro, mi sarei incazzato. Però ero fiero della mia impetuosa compagna. Aveva dei talenti nascosti!

Remy urlò. «Smettila!» Mi gettò le braccia al collo. «Non fare del male al mio papà.»

«Remy!» gridò Joy allarmata.

'Fanculo. Non mi importava se Rob e tutti gli altri erano lì a guardarmi infrangere le regole del branco. Joy era la mia compagna. Non avevo intenzione di lasciarla andare. Ma non avevo idea di cosa avrebbe fatto per proteggere Remy da un presunto pericolo. Mi ero già visto tirare addosso una pietra. Avrei potuto sopravvivere, ma se si fosse fatta più disperata, avrebbe potuto fare qualcosa di avventato e restare ferita. E ferire anche Remy.

Io ero del tutto dedito a lei e avremmo capito come stare insieme come mutante, cucciola di mutante e umana o sarei morto nel tentativo.

Ciò significava che lei doveva sapere che cosa fossi.

Mutai e mi misi in piedi accanto a Remy.

Joy urlò e capitombolò all'indietro, cadendo seduta a terra.

«Va tutto bene. Sono io.» Scattai in avanti e la misi in piedi, attirandola con un gesto brusco contro il mio corpo. Stava tremando, sudava e aveva il fiato corto.

Con la coda dell'occhio, vidi i miei compagni di branco allontanarsi per concederci un po' di privacy. «Non ti farò del male.»

Joy mi fissò a bocca aperta, poi, come la volta in cui si era messa a ridacchiare tra le lacrime, scoppiò a ridere. «Wes?» Il suo sorriso era ampio, come se fosse stata una strana coincidenza incontrarmi là fuori tra le montagne nudo dopo che avevo appena mutato forma.

«Non... non hai paura?»

«Di *te*?» Rise ancora un po', gettandomi le braccia al collo. «Perché dovrei avere paura di te?»

Remy strinse le piccole braccia attorno alla vita di Joy da dietro.

«Uhm, sai. Per via della cosa del lupo?» Arruffai i capelli di Remy, poi indietreggiai per prenderla in braccio così che sapesse di essere al sicuro.

Joy la incluse nel nostro piccolo abbraccio e cominciò a ridere per davvero. «Sei un lupo.»

La risata sembrava essere la sua reazione standard quando aveva bisogno di sfogare le proprie emozioni. Ridere o fare sesso. Decisamente non preferiva piangere, ma l'avrei aiutata io con quello. Volevo che si sentisse al sicuro nell'esprimere tutte le sue emozioni, perfino quelle più tristi.

Avrebbe avuto un eccesso di adrenalina in corpo più tardi e io avrei potuto aiutarla a bruciarlo di nuovo con una scopata. Per il momento, però, l'avrei tenuta tra le braccia. Avrei tenuto *entrambe* le mie ragazze.

«Papà è un lupo!» esclamò orgogliosa Remy. Poi si rivolse a me, battendomi le manine sulle guance. «Volevo correre assieme a te stasera, papà.»

«Già, piccola, quello era un problema.» I mutanti erano abituati a vedersi nudi, per cui Remy non notò che mi mancavano i vestiti. «Tu non puoi ancora mutare. Non fino a quando non arriverai alla pubertà e sarai più grande. Molto più grande. Fino ad allora, dovrai restare assieme alle umane durante le corse con la luna piena. Lo sai.»

Lei sospirò. «Ma volevo *vedere* i lupi.»

Io sollevai lo sguardo su Joy. Avevo molte cose da spiegarle. «Be', stasera non te li abbiamo fatti vedere perché Joy non sapeva che eravamo lupi. Ricordi come abbiamo parlato del fatto che fosse un segreto?»

«Ma Joy è una di noi,» insistette Remy, annuendo. Aveva i capelli scompigliati e il visetto macchiato di terra.

Per qualche motivo, ciò mi fece bruciare gli occhi. Guardai la mia bellissima compagna e strinsi più forte il braccio attorno alla sua vita. «Lo è. Se non altro spero che lo sarà.»

Anche Joy aveva le lacrime agli occhi. «Non so che cosa significhi.» Stava di nuovo ridendo. «Mi stai chiedendo se puoi trasformarmi in un lupo o qualcosa del genere?»

Toccò a me ridere: un suono estraneo che mi sfuggì di gola cogliendomi di sorpresa.

Ciò fece ridacchiare ancora di più Joy. E Remy.

Scossi la testa. «No, dolcezza. Voglio solamente che tu sia la mia compagna. Che mantenga il segreto del nostro branco. Che ti prenda il mio odore.»

«Ehm... okay.» La voce di Joy era ancora divertita.

Non ero certo che stesse prendendo quella cosa sul serio o che capisse in cosa si stesse cacciando, ma le avrei spiegato tutto una volta che fossimo tornati a casa. In quel preciso istante, dovevo portare le mie due femmine fuori da quel dirupo e giù dalla montagna.

Come a sottolineare quel pensiero, Remy piagnucolò, «Voglio tornare a casa.»

«Sali sulla mia schiena, piccola, e porto a casa le mie ragazze,» dissi prima di mettermi a quattro zampe e mutare in forma di lupo. Remy mi salì sulla schiena e Joy mi seguì standomi accanto mentre imboccavo la direzione giusta verso la casa del ranch. Dopodiché saremmo andati a casa nostra.

23

JOY

WES ERA UN LUPO. Un *enorme* lupo nero.

UN LUPO.

Un lupo con gli occhi verdi che brillavano alla luce della luna. Avevo visto quegli occhi verdi da lupo affiorare in passato, ma non mi sarei mai e poi mai immaginata il segreto che custodiva.

Stavo ancora cercando di digerire il tutto. Il fatto che il mio nuovo vicino – e nuovo fidanzato – fosse in realtà *un lupo*. Non aveva senso, ma l'avevo visto coi miei stessi occhi.

Era reale.

Un attimo prima Remy aveva avuto le braccia strette al collo di un lupo – cosa che era già abbastanza folle di per sé – e quello dopo lui era diventato improvvisamente Wes. Puff! O pop! O... Ehm? Remy non era stata affatto sorpresa che suo padre fosse un lupo! Alle bambine di quattro anni stavano bene le cose folli. Non sapevano che *non* erano normali.

Mi sovvennero altri indizi che mi ero persa. Lei aveva detto di voler andare a correre coi lupi. La cosa aveva molto più senso ora, dato che suo *padre* era uno dei lupi. Aveva anche chiamato sua mamma una lupa. Cosa aveva detto quando Soraya era venuta a casa? *Non mi piace, anche se è una lupa.*

Mi chiesi come avesse fatto a capirlo. Di certo a me non era sembrata altro che una stronza. C'era qualcosa nel... nell'aspetto di un mutante che avrei dovuto cercare? Tipo il modo in cui avevo visto gli occhi di Wes brillare di verde? Avevo pensato che si fosse trattato di uno scherzo della luce.

Doveva esserci più della cosa degli occhi. Giusto?

Mentre tornavamo verso casa di Rob e Willow, io camminavo accanto a Wes, ammirando che bellissimo animale fosse: il folto pelo nero lucido, le ampie spalle muscolose che si muovevano con grazia mentre viaggiava sulle zampe possenti. Dannazione, il suo lupo era grosso abbastanza da farsi cavalcare da una bambina come un cavallo!

La mia mente corse al cerchio di lupo in piedi sul

bordo del precipizio. Si erano presentati subito dopo Wes.

Dio, anche i ragazzi del ranch erano lupi? Dovevano esserlo. Erano usciti tutti a... correre assieme?

E perché?

Le donne avevano, be', mentito dicendo che gli uomini erano andati a spostare il bestiame. Bestiame un corno. Voleva dire che sapevano. Ovvio che lo sapevano. Ci uscivano o erano sposate con loro.

Io avevo vissuto a Cooper Valley per tutta la mia vita e non mi ero mai resa conto che il Wolf Ranch fosse *letteralmente* un ranch di lupi! Avevano fatto davvero un ottimo lavoro nel mantenere il segreto.

Tutte erano in veranda ad aspettarci e corsero dritte da Remy ad abbracciarla e rivolgerle un sacco di attenzione mentre un Wes non più lupo, ma nudo, sparì per indossare i propri abiti, ovunque li avesse lasciati.

«Scommetto che avrai delle domande,» mi disse Marina, prendendomi da parte. «Mi spiace se ti abbiamo mentito, ma non è un segreto piccolo.»

«Il segreto è stato scoperto e risponderò io a qualunque domanda abbia Joy,» ringhiò Wes, raggiungendoci alle spalle. Mi fece passare un forte braccio attorno alla vita e mi baciò la tempia. «Stai bene?» mormorò. Era sudato e sporco di terra. Aveva perfino un rametto tra i capelli. «Stai dando di matto?»

«Io... no, sto bene.» Annuii. Non stavo dando di

matto. Ero più che altro affascinata. Incuriosita. Morivo dalla voglia di saperne di più.

«Be', se hai bisogno di parlarne domani, chiamami,» si offrì Marina. «Era un segreto anche per me. So cosa voglia dire scoprire che il tuo ragazzo appartiene a un'altra specie e che vuole marchiarti come sua compagna per sempre.»

Sbattei le palpebre. «Lui cosa?»

«Non sei d'aiuto,» ringhiò Wes in direzione di Marina. Aveva la fronte aggrottata nella sua tipica espressione scorbutica, ma perché si preoccupava di come la stessi prendendo. Continuava a lanciarmi occhiate indagatrici.

«Se non vi spiace, do una rapida sciacquata a Remy, visto che è sporca e che senza dubbio si addormenterà mentre torniamo a casa,» disse Wes.

«Ma certo,» rispose Marina. «Vado a prendere una delle mie magliette da farle indossare come camicia da notte.»

Non parlammo mentre aiutavo Wes a far entrare una Remy stanca e ormai irascibile nella vasca per il bagno più veloce del mondo, le infilavamo la maglia di Marina e salivamo sul pickup. Come previsto, si addormentò ancora prima che Wes partisse lungo il viale sterrato.

«Raccontami.» Gli presi la mano che teneva sulla coscia e mi spostai le nostre dita intrecciate sulla mia.

Lui mi lanciò un'altra di quelle occhiate indagatrici mentre guidava. «Be', ora sai che sono un mutante.»

«Quindi lo sono tutti al Wolf Ranch?»

«La maggior parte.» Mi strinse le dita. «Stanotte c'era la luna piena e sentivamo il bisogno di correre sotto la sua luce. È tradizione del branco unirci tutti quanti ogni mese per farlo. Chiunque sia rimasto indietro è umano.»

Nominai tutti giusto per esserne sicura. «Marina, Charlie, Natalie, Emma, Riley e Audrey. Oh... e Becky.»

«Esatto. Sono tutte accoppiate con dei mutanti.»

«Accoppiate. Tipo... sposate?»

«Tipo che il Destino li ha messi insieme. I ragazzi hanno riconosciuto le proprie compagne dal loro odore.»

Trasalii, attribuendo un senso a un altro dettaglio. «Ecco perché Soraya mi ha annusata!»

Wes incurvò le labbra per un istante. «Sì. Stava cercando di capire se fossi una lupa.»

«Lei è una lupa, l'ha detto Remy dopo che Soraya è passata quella sera, ma non avevo capito cosa intendesse.»

Lui annuì. «Sì.»

«Dunque significa che Remy è una lupa.»

«Sì. Ma non muterà fino alla pubertà.»

Io scossi la testa incredula. «Fantastico.»

Non sapevo perché Wes avesse pensato che avrei dato di matto. Non avrei potuto essere più entusiasta. Era come scoprire che la magia esisteva davvero.

Wes mi lanciò un'occhiata. «Credi che sia fantastico?»

«Credo che sia incredibile.» Mi ricordai il suo aspetto da grosso lupo nero. «Tu sei incredibile.»

«Non è che stai dando di matto mentre fingi di stare bene?»

Risi. Mi aveva capita al volo. «No, non sto fingendo. Dovrei dare di matto?»

«No, dolcezza. Be', ci sono un paio di cose che non ti ho ancora spiegato.»

«Solo un paio?»

Toccò a lui ridere, il che fu un verso ricco e profondo che adoravo. «D'accordo. Un bel po' più che...»

Trasalii. «Guarisci in fretta, non è vero?»

Lui spostò lo sguardo su di me per poi riportarlo sulla strada. «Sì. Ecco perché sono andato nel panico con te sul tuo tetto. Se fossi caduto io, avrebbe fatto un male cane, ma sarei stato bene nel giro di pochi minuti. Se ti succedesse qualcosa... Cazzo. Non mi perdonerei mai.»

«Ecco perché il taglietto di Remy è guarito subito!»

Lui si voltò a guardarmi, confuso.

«Quella sera che ho guardato Remy, stava lavorando l'argilla e si è punta con uno dei miei attrezzi. C'era un po' di sangue, ma è guarito prima ancora che potessi trovare un cerotto nel tuo bagno.»

«Non ne ho.»

Ah. Doveva essere bello.

Accostammo nel suo vialetto e parcheggiammo. Il silenzio della notte ci avvolse.

Guardai Wes. Lui guardò me.

C'era qualcosa di diverso nell'aria, ormai. Non un odore né altro che una sensazione. Conoscendo il suo enorme segreto, mi sembrava che fossimo più vicini. Come se ci fossero meno barriere nel comprenderci a vicenda. Nel sapere chi fossimo veramente.

«Quali sono le cose che non mi hai ancora spiegato?» chiesi. Volevo sapere tutto.

Quella situazione era una novità, ma mi ero già presa un impegno. Tutto di lui mi sembrava giusto, inclusa la sua adorabile figlia e quel meraviglioso gruppo di persone con le quali avevo trascorso la serata.

«Ciò che ha accennato Marina... Il marchiarti come mia compagna per sempre?» La sua voce era esitante, come ad affrontare un argomento difficile.

«Già, cosa significa?»

«I mutanti lupi possono avere quelle che chiameresti relazioni normali. Possono uscire con le persone. Alcuni seguono le tradizioni umane e si sposano legalmente. Mettono su famiglia, tutto quanto. Ma c'è anche la possibilità di trovare la propria compagna predestinata: quella che potresti chiamare "la persona giusta".»

Cercai di deglutire senza riuscirci. Per qualche inspiegabile ragione, il cuore prese a battermi forte nel petto.

Cosa mi stava dicendo?

«Si narra che un lupo sappia riconoscere la propria compagna predestinata dall'odore. Non si sa cosa voglia dire fino a quando non lo si prova sulla propria pelle. Almeno, così è stato per me.» I suoi occhi brillavano verdi nel buio.

Stavo vedendo i suoi occhi da lupo. Stava dicendo che...

«Sono... sono io la tua compagna?» sussurrai.

Lui si portò alla bocca le nostre mani ancora unite e mi baciò di nuovo le nocche. «Sì. Avrei dovuto capirlo nell'istante in cui ho colto il tuo odore, ma ero troppo agitato per il fatto che Remy fosse sparita. Il tuo odore mi ha indotto in uno stato di, be', desiderio famelico, ma all'epoca, non sapevo che fosse perché sei la mia compagna.»

Io risi di nuovo. «Desiderio famelico?»

Lui assottigliò lo sguardo. «Come lo chiameresti tu?» La sua voce si fece più profonda. «Il modo in cui ci siamo uniti. Mi ricordo che eri in ginocchio per me.»

Io deglutii con forza. Era stata una notte che non avrei mai dimenticato.

«Desiderio famelico ci sta,» dissi con voce strozzata, agitandomi sul sedile.

Ero bagnata dalla voglia di vederlo di nuovo famelico.

«Ora, dolcezza, voglio che tu sia mia. Voglio che tu sia la mia compagna.»

L'idea mi entusiasmava, ma ancora non la comprendevo del tutto. «Che cosa vuol dire esattamente?»

«I lupi maschi marchiano le proprie compagne predestinate con un morso d'accoppiamento. Infonde per sempre il loro odore nella femmina, così che tutti gli altri lupi sappiano che è rivendicata.»

«Rivendicata? Mi sembra un tantino sessista,» lo presi in giro, seppur mi rendessi conto che la fica mi si stava bagnando sempre di più man mano che proseguivamo quella conversazione.

Wes incurvò le labbra. Adoravo vedere anche solo l'accenno di un sorriso su quel bellissimo viso. «I lupi maschi sono molto territoriali. Se tu fossi quantomeno marcata, ciò permetterebbe al mio lupo di placare un po' della propria aggressività nel cercare di tenerti lontani gli altri maschi. L'altro giorno, quando ho chiesto a Colton e Johnny di darmi una mano col tuo tetto, avrei voluto ucciderli entrambi perché ti erano vicini.»

Risi. «Davvero?»

Quei due uomini erano attraenti, ma nulla a che vedere con Wes.

«Dolcezza, quando un lupo ha una compagna, farebbe qualunque cosa pur di proteggerla, prendersene cura e tenere gli altri maschi lontani da lei.»

Sorrisi. Tutto sommato adoravo sapere che si sentisse

territoriale nei miei confronti. Mi infondeva un senso di potere femminile sapere che pensava valesse la pena difendermi.

Sollevai la mano libera. «Uhm, tra l'altro, hai detto *morso*?»

Wes mi rivolse un sorriso... uno vero. Uno famelico. I suoi occhi brillavano di un verde acceso. «Esatto, dolcezza.» La sua voce aveva un timbro profondo e roco, come se fosse eccitato. E mordermi sarebbe stata la cosa più sexy che avremmo mai fatto. Be', lo era.

Il mio battito accelerò. Cominciai a pulsare in mezzo alle gambe.

«Mi fai vedere?» esalai.

Lui annuì e scendemmo dall'auto. Wes prese Remy dal seggiolino e la portò a letto. Poi mi condusse in doccia.

24

WES

REMY POTEVA ANCHE ESSERSI RIPULITA col suo bagno veloce, ma io e Joy eravamo entrambi sporchi. Sui suoi abiti c'erano terra e pezzetti di foglie. Visto che io correvo nudo, il mio corpo aveva l'aspetto di uno che si era rotolato in una pozza di fango. Per poi sudare.

Tuttavia, nonostante i rametti e tutto il resto, lei era la persona più bella che avessi mai visto. Per cui glielo dissi. «Dolcezza, sei bellissima, cazzo.»

Afferrai l'orlo della sua maglietta sporca e la sollevai.

Lei arrossì, ma era chiaro dalla sua espressione che avesse gradito il complimento. Sua madre era una donna buona, ma bisognosa. Dovetti chiedermi se incoraggiasse abbastanza spesso sua figlia ricordandole quanto valesse.

Io l'avrei fatto. Ogni giorno della sua vita.

«I mutanti hanno problemi di vista?» chiese lei incurvando le labbra. Era palese che non si riteneva carina.

Sollevai una mano e le tirai via un filo d'erba dai capelli. «Sei andata in cerca di Remy, senza pensare a te stessa o al pericolo in cui saresti potuta incorrere.»

Per dimostrarlo, le feci scorrere un dito lungo un graffio che aveva sull'avambraccio. Una riga rossa infiammata e in rilievo. Odiavo vedere anche solo un leggero danno sul suo bellissimo corpo. «Fa male?»

Lei scosse la testa.

«Hai male da qualche altra parte?»

«No, ma probabilmente lo sentirò domani.»

Se ne stava davanti a me con indosso il reggiseno e i pantaloncini. Scarpe e calze.

«Ora ti spoglio e controllerò ogni centimetro di te.» *Dopodiché ti scoperò fino a farti dimenticare il tuo nome e urlare il mio.*

Lei deglutì e non potei non notare la vena che le pulsava sul collo. Il punto in cui avrei voluto morderla, ma sapevo che avrei potuto marchiarla qualche centimetro più in basso.

«Okay.»

Tesi un braccio nella doccia e aprii il getto d'acqua per farlo scaldare.

Poi mi concentrai sulla mia compagna. Mi misi in ginocchio davanti a lei, le slacciai i pantaloncini e li abbassai. Quando glieli sfilai dai piedi, le tolsi anche le scarpe e le calze.

«Cazzo, sei mia. Non riesco a credere quanto tu sia perfetta.» Le baciai il ventre. Assaggiai il suo sudore salato. Inalai quell'odore pungente unito a quello dolce e muschiato della sua eccitazione.

«Wes.» Mi intrecciò le dita tra i capelli. Si fermò e ne tirò fuori qualcosa. Un rametto.

Sorrise.

Io non potei fare a meno di rispondere al sorriso. La mia cucciola era al sicuro e addormentata nel suo letto. La mia compagna era quasi nuda per me. Con uno scatto del polso, aprii il gancetto posteriore del suo reggiseno e quell'indumento semplice, ma sexy le scivolò lungo le braccia.

Stavo perdendo il controllo, ma stavolta ci sarei andato piano. Volevo gustarmi ogni centimetro di lei.

Con le dita infilate nell'elastico e un rapido strattone, le mutandine le finirono attorno alle caviglie.

Le feci scorrere le mani addosso. La feci voltare, per esaminarle la schiena.

Dalla mia posizione in ginocchio, le baciai la natica piena.

Lei si irrigidì con un piccolo sussulto.

«Non ti morderò qui.» Le afferrai i fianchi e la feci

voltare di nuovo. «Mmm, qui sarebbe bello.» Avevo la bocca a un soffio dai peli ben curati della sua fica.

«Wes,» esalò lei.

Il bagno si riempì di vapore. Era giunto il momento di ripulire la mia ragazza così da poter fare cose sporche con lei. E renderla mia.

25

JOY

AVEVO PENSATO che mi avrebbe scopata nella doccia. Era sulla mia lista di posti in cui fare sesso con Wes. Invece, lui mi aveva lavata, dalla testa ai piedi. Mi aveva insaponato i capelli con shampoo e balsamo. Mi aveva baciata e fatto scorrere le dita addosso ovunque mentre mi girava attorno per assicurarsi che non avessi altri graffi a parte quello sul braccio.

Poi si era insaponato in fretta per poi sciacquarsi e aiutarmi a uscire.

Chi l'avrebbe mai detto che una doccia sexy potesse essere il miglior preliminare del mondo?

Wes mi leccò e baciò lungo il corpo ancora un po'

mentre mi asciugava, lasciandomi a fremere sotto il suo tocco; ogni terminazione nervosa attiva e sensibile.

Ero persa in un delizioso annebbiamento dettato non solo dal desiderio, ma da qualcosa di ancor più inebriante, l'idea di fare sul serio con lui.

Essere rivendicata da quel padre robusto, scorbutico e dolce allo stesso tempo. un uomo che voleva mordermi e marchiarmi come sua. Dio, era più che romantico. Era naturale e giusto.

Forse avevo dei complessi d'abbandono per via del fatto che mio padre se ne era andato. Forse per la paura di perdere mia madre ogni volta che era in difficoltà.

O forse avevo la stessa sensazione di Wes, che lui fosse "quello giusto". Il Destino era intervenuto quando aveva scelto di far trasferire Wes nella casa accanto alla mia.

In quanto artista, io mi ero fidata del Destino. La prima volta che avevo cominciato a creare vasi e avevo voluto renderlo un lavoro col quale sostentarmi, avevo affidato la cosa all'Universo. Avevo immaginato che, se fosse stata una fatalità, li avrei venduti. Se avessi guadagnato abbastanza soldi da lasciare il mio lavoro da barista al Cody, sarebbe stato un segno che ero sulla pista giusta. Col tempo, ero riuscita a lasciare il mio lavoro.

Non guadagnavo miliardi né nulla del genere, ma quel poco che bastava per versare una caparra per la mia casa. Abbastanza da rendere quell'occupazione un lavoro a tempo pieno.

Dunque, ora credevo che il Destino mi avesse inviato l'uomo giusto per me. Quello a cui mi "abbinassi". Che mi capisse. Col quale mi fossi sentita a casa dal primo istante in cui l'avevo visto, anche quando si era comportato da stronzo scorbutico.

Stava succedendo in fretta? Sì. Ridicolmente in fretta. Se una mia amica mi avesse detto di aver conosciuto un tipo il giorno prima, che si fossero innamorati e che avesse voluto farsi tatuare per sempre il suo nome sul corpo, le avrei detto di tirare il freno a mano.

Non fosse che io... sapevo, eppure non avevo un lupo interiore né un olfatto super sviluppato.

Era solo che volevo Wes. E Remy.

Wes lasciò cadere l'asciugamano a terra e mi prese in braccio.

«Mia,» ringhiò mentre mi portava in camera sua.

Mi si contrasse la fica. *Amavo* follemente quell'affermazione.

Amavo l'idea di essere sua. Volevo che anche lui fosse mio.

Valutai l'idea di trasferirmi lì da lui per sempre. Di fare da secondo genitore a Remy. Di darle dei fratelli.

Sembrava tutto perfetto.

Avrei potuto convertire casa mia in un intero studio

d'arte. Magari avrei potuto perfino sfruttare il salotto come "showroom" e vendere da casa mia.

Stavo correndo troppo.

Forse avrei dovuto tirare io il freno a mano nella mia mente.

Wes mi fece sdraiare sulla schiena e mi scrutò in volto. «Ora stai dando di matto.»

«Non do di matto,» spiegai mentre scuotevo la testa. «Mi stavo solo chiedendo se le cose non stessero andando troppo veloci.»

Lui mi fece scorrere la punta di un dito attorno al capezzolo. «Non devi temere nulla. Non con me. Se vuoi che aspetti a marchiarti, lo farò. Passerò ogni giorno del resto della mia vita a dimostrarti che sono degno di essere il tuo compagno, se sarà necessario. Ti voglio soltanto vicina. Parte delle nostre vite.»

Mi si annebbiarono gli occhi e allungai una mano verso il suo viso, attirandolo a me per un bacio. «Non è quello, è che...»

Lui mi salì a cavalcioni in vita, mi bloccò i polsi e me li portò dietro la testa. Adoravo sentirmi in trappola con lui. In trappola voleva dire al sicuro. «Dimmi.»

Io inarcai le tette verso l'alto, bramosa di un ulteriore tocco da parte sua perché quella posizione mi eccitava.

«Dimmi tutto ciò di cui hai paura. Tiriamo fuori tutto, così da sapere cosa stiamo affrontando.»

Esitai. Non ero certa se i miei timori avessero un nome o fossero anche solo razionali.

«Vado prima io,» disse lui. «Ho paura che la storia del lupo ti terrorizzi. Che deciderai che non fa per te. Ho paura che troverai pesante da accettare che oltre a me ci sia anche Remy.» Distolse lo sguardo per un istante prima di riportarlo sul mio. «E... ho paura che Remy rimanga ferita. Che si leghi a te per poi, nel caso in cui le cose non dovessero funzionare, ritrovarsi col cuore spezzato ancor di più che per non aver avuto una mamma.»

Mi si riempirono gli occhi di lacrime per lui. Per Remy. Per quel momento di vulnerabilità. Era così incredibile e coraggioso a condividerlo con me. I suoi timori erano ragionevoli e avevano senso.

Sembrò rendersi conto che non era il momento adatto a bloccarmi i polsi perché mi lasciò andare e mi permise di stringerli le braccia attorno al collo.

Era più facile parlare con le mie labbra contro la sua pelle, il volto nascosto. «Io ho paura... non lo so... di stare prendendo una decisione impulsiva o irrazionale. Che se la relazione non dovessero funzionare, la gente mi giudicherebbe per aver fatto le cose di corsa. So che è stupido preoccuparsi di ciò che pensa la gente, ma...»

Lui mi accarezzò la guancia col pollice. «Non è stupido. Lo capisco. Che altro? Voglio sentire ogni minima riserva.»

«Okay...» Diventò all'improvviso un gioco che

stavamo affrontando insieme invece di una crisi dovuta a decisioni grosse.

Wes ci sistemò su un fianco, l'uno di fronte all'altra, per poi assicurarsi che le coperte fossero sollevate attorno ai nostri corpi nudi.

«E se mi stessi raggirando?» Ridacchiai di fronte all'assurdità di quell'idea. Conoscevo Rob e Boyd Wolf e la maggior parte dei ragazzi del ranch da sempre. Wes era uno dei loro amici. Non era un tipo qualunque che mi avrebbe raggirata per un secondo fine. Ma il solo dirlo ad alta voce chiarì qualunque ombra di dubbio avessi covato.

Anche Wes ridacchiò. «Ti sto *decisamente* raggirando. Voglio accesso a tutte quelle tue bellissime ceramiche e tenerle tutte per me.»

Io non potei fare a meno di ridacchiare di nuovo.

«E se fossi un narcisista che vuole attirarmi con del sesso eccitante e dei favori da tuttofare fino ad avermi in pugno per poi cominciare a tenermi sotto controllo e manipolarmi?» Man mano che pronunciavo quelle parole, seppi che era impossibile. L'avevo visto con sua figlia. Non era un narcisista. Era l'esatto opposto.

Lui non sembrò offeso. «Che altro?»

Lasciai correre la mente al mio timore peggiore. Forse quello da cui tutte le donne al mondo dovevano proteggersi. «E se ti trasformassi in una persona violenta e io finissi intrappolata in una setta di lupi che non mi lascia scappare?»

Wes si irrigidì, gli occhi sgranati. «Cazzo, Joy. È roba davvero spaventosa, quella.» Non parlò né si mosse in fretta per rassicurarmi. Permise soltanto a quel timore di consumarsi tra noi prima di venire spazzato via.

Poi disse cauto: «Può esserci violenza nelle comunità di lupi, proprio come in quelle umane. Ma non ne ho mai sentito parlare in un accoppiamento predestinato. Il mio corpo è fatto per compiacerti. Il tuo piacere è il mio. La tua sopravvivenza è la mia. Le tue lacrime placheranno subito la mia aggressività nel caso le abbia provocate io o la aumenteranno se dovesse essere colpa di qualcun altro. Vivrò per soddisfarti, sessualmente, emotivamente e fisicamente. E se un giorno soddisfarti dovesse significare lasciarti andare – se dovessi mai desiderare la tua libertà – dolcezza, te la concederò. Anche se dovesse uccidermi.»

L'intensità di quel momento parve sul punto di aprirmi una voragine nel petto. Non volevo piangere, né ridacchiare, per tirar fuori tutto. Mi limitai a trattenere quella sensazione nel cuore. Nel petto. Era la sensazione di sentirsi vulnerabile con un uomo. Di imparare a fidarsi del fatto che un'altra persona si sarebbe presa cura delle mie necessità quando altri non l'avevano fatto in passato.

Era di quello che avevo davvero paura? Di farmi ferire dalla persona di cui ora mi fidavo di più?

E poi, poiché ci stavamo confrontando con sincerità, decisi di condividere quei pensieri a voce alta. «Credo che ciò che davvero mi fa paura sia quello che temi anche tu per Remy.» Mi si riempirono gli occhi di lacrime. «Il matrimonio dei miei genitori non ha funzionato ed è stato doloroso per tutti e tre. Suppongo di aver paura che imparerò a fidarmi per poi restare ferita. So cosa voglia dire per i bambini e non vorrei nemmeno io che accadesse a Remy.»

Wes appoggiò la fronte alla mia. «Suppongo che non ci siano garanzie, vero? Provo quella sensazione per Remy tutti i giorni. Cioè – amo così tanto quella bambina che se mai dovesse capitarle qualcosa – se mai dovessi perderla per qualche motivo – non so se riuscirei ad andare avanti.» Wes sbatté con forza le palpebre, come se gli fossero bruciati gli occhi. Mi chiesi se stesse pensando alla sua fuga di poche ore prima.

Mi sfuggì una lacrima, ma non mi importava. Non dovevo più evitare le lacrime o il dolore. Stavamo affrontando le nostre più profonde paure insieme.

Insieme.

«Lo voglio,» dissi con totale chiarezza.

Non c'erano garanzie. Anche se avessimo vissuto le nostre vite insieme in un perfetto "per sempre felici e contenti", uno di noi sarebbe morto per primo. Qualcuno sarebbe rimasto col cuore spezzato. Era l'inevitabilità della vita. Avevamo tutti dei cuori che si spezzavano e saremmo tutti morti. Nulla avrebbe potuto proteggerci da nessuna di quei due eventi e più avessimo cercato di impedire che accadessero, meno avremmo vissuto. Meno avremmo amato. Meno ci saremmo goduti la vita che ci era stata donata.

«Ti voglio,» disse Wes. Il suo cazzo si indurì contro il mio ventre e i suoi occhi brillarono di verde, ma lui attese. Scorsi la scintilla famelica nel suo sguardo, ma non mi saltò addosso.

«Possiamo tornare a quella parte in cui mi tieni bloccata e ti approfitti famelicamente di me?» chiesi.

Il sorriso di Wes fu radioso.

La cosa più accecante che avessi mai visto.

Per me fu piacere puro perché ero stata io a provocarglielo. Ero io la fonte della sua gioia.

In uno scatto mozzafiato, lui mi girò sulla schiena e mi bloccò di nuovo i polsi sopra la testa. «Ora sei nei guai, piccola umana,» ringhiò.

Io mi dimenai sotto di lui, scossa da fremiti di eccitazione che mi pulsavano dentro.

«Fammi vedere,» lo sfidai.

26

———

WES

NON POTEVO ATTENDERE un altro istante per farla mia. Chinai la testa e succhiai uno dei capezzoli di Joy mentre mi rigiravo l'altro tra pollice e indice. Il mio lupo era già affamato di lei. I miei denti si erano affilati. Il mio cazzo pulsava.

Il suo odore ci vorticava attorno. La sensazione di lei sotto di me era soffice, calda e florida. Lei era al sicuro. Protetta. Custodita. Avevo pronunciato quelle parole, ma ora era giunto il momento di dimostrarglielo con le azioni.

Tuttavia, me la sarei presa comoda. Lì si trattava di dare, non di prendere. Avrei insegnato a Joy cosa poteva aspettarsi da me. Tutta la mia attenzione nei confronti del suo piacere. Il mio tempo e la mia concentrazione. Il mio amore.

Per il Destino, non avevamo nemmeno ancora detto di amarci. Forse quello contava di più per lei, in quanto umana, che non sentirmi dire che volessi marchiarla.

Per cui cominciai lì dov'ero. Le parole non erano il mio forte, ma Joy aveva bisogno di sentire le mie. Dovevo darle tutto di me, anche le parti più difficili. Avrei cominciato con qualcosa di semplice. «Amo questo capezzolo,» dissi, per poi passare a succhiare l'altro. «E amo questo.» Vi concessi lo stesso trattamento che avevo riservato all'altro per poi trascinare la bocca aperta lungo il suo ventre, mordicchiarle il fianco e provocarle una risatina.

Le tracciai l'ombelico. «Amo questo ombelico.»

La baciai fino all'apice della fessura, nella quale infilai la lingua. «Amo il tuo piccolo clitoride.» Leccai quella piccola perla gonfia con la punta della lingua, per poi farcela scorrere attorno. La trascinai lungo le sue labbra interne. «Amo questa fica deliziosa.»

La penetrai con la lingua. «Amo il miele che produci per me.»

Joy contrasse le natiche e le sue cosce mi si strinsero attorno alle orecchie. Mi riversò altra eccitazione lungo il mento.

«Sei bellissima, cazzo.» Sollevai la testa per guardarla in viso mentre la penetravo con due dita, il pollice che sfregava sul suo clitoride.

Lei tremò sotto di me, cedendo a un piccolo orgasmo.

«Amo i tuoi orgasmi.» Trovai il suo punto G e vi sfregai attorno e a fondo dentro di lei.

Lei piagnucolò. «Sì,» gemette. «Ti prego.»

«Dimmi di cosa hai bisogno, Joy.»

Aveva la pelle accaldata, il fiato corto, il corpo arrendevole. «Ho bisogno... del tuo cazzo.»

«Vuoi questo cazzo?» Tirai fuori le dita e me le leccai, per poi sollevarmi in ginocchio. Il suo sapore sulla mia lingua era paradisiaco.

«Sì!» Si infilò una mano tra le gambe e agganciò i piedi dietro la mia schiena per attirare i miei fianchi contro i suoi.

Io tornai a stringerle i polsi ammanettandoli con una mano mentre con l'altra mi afferravo l'erezione per farne scorrere la punta contro le sue labbra morbide.

«Dammi quel grosso cazzo da lupo.»

Oh, diamine. Joy sapeva parlare sporco quanto me. La punta mi si inumidì di liquido seminale.

«Ti voglio dentro di me.»

I miei canini scesero, il mio lupo ruggì. Per poco non venni prima ancora di essermi infilato in quello stretto canale.

«Scopami, Wes.»

Che il Destino mi aiutasse, l'avrei *divorata*. Fui percorso dalla bramosia di rivendicarla.

La penetrai in un'unica lunga spinta. Lei trasalì quando mi sbattei dentro fino in fondo.

Mi costrinsi a restare fermo nel caso in cui fosse stato troppo e avesse avuto bisogno di tempo per adattarsi. «Così, dolcezza?»

Lei ondeggiò i fianchi per farmi muovere dentro di sé. Stava gocciolando, cosa che mi aiutava a spostarmi dentro di lei. «Sì. Scopami adesso. Rivendicami.»

Mi sfuggì un ringhio dalla gola e cominciai a scoparmela con ardore, sbattendomi dentro e fuori. Il letto sbatteva contro la parete.

«Sì,» gemette lei, ondeggiando i fianchi verso l'alto per venirmi incontro. «Ti prego, Wes.»

Cazzo.

Ero perso.

Mi stava uccidendo. La tenni dalla nuca per impedirle di sbattere contro la testiera del letto mentre io mi sbattevo lei.

«Sì... sì!» urlò.

Io non potevo più aspettare. Il mio lupo era più che pronto. Dovevo averla. Dovevo rivendicarla come mia. Per sempre.

«Vieni per me, dolcezza,» ringhiai.

«Sì!» esclamò lei.

Io mi spinsi a fondo e venni, schizzando caldi fiotti di seme dentro di lei.

Lei obbedì al mio ordine, i suoi muscoli si contrassero attorno al mio cazzo, colta dagli spasmi nel suo glorioso orgasmo. Ogni stretta mi spremeva altro seme. Ogni fremito me ne pompava ancora dai testicoli.

L'istinto di affondare i denti nella sua carne mi acceçò, ma mi trattenni. Era umana: di certo le sarebbe rimasta una cicatrice e avrei potuto farle seriamente male se non avessi fatto attenzione.

Man mano che entrambi raggiungevamo la fine del nostro orgasmo, io ondeggiai dentro e fuori per spillarle altro piacere. «Dove lo vuoi?»

Lei sembrò confusa, ancora intontita dall'orgasmo.

«Posso morderti?»

Joy sostenne il mio sguardo e annuì, le labbra schiuse. Si indicò il seno.

Io lo presi nella mano. «Qui?»

«Sì.»

Il mio cazzo si allungò dentro di lei. Dovetti piegarmi per portare la testa fino al suo seno, ma lo feci.

Attento... attento! Avvertii il mio lupo.

Solo un piccolo morso. I miei quattro canini si chiusero attorno alla parte superiore del suo seno e affondarono, perforando la pelle. Venni di nuovo, rabbrividendo per l'intenso piacere di aver rivendicato la mia compagna.

Joy urlò e io mi fermai prima di andare troppo a fondo. Estrassi con delicatezza i denti dalla sua carne per evitare di strapparle i tessuti delicati.

Mi tirai fuori, all'improvviso inorridito al pensiero del suo dolore. Le leccai le ferite perché la mia saliva avrebbe favorito la guarigione. Sollevai lo sguardo lungo il suo corpo e incrociai il suo. «Stai bene? Cazzo. Mi dispiace tanto, quanto ti fa male?»

Il volto di Joy era arrossato, gli occhi annebbiati. Si infilò una mano tra le gambe e si sfregò il clitoride.

Io la guardai, incantato dalla mia bellissima compagna che si portava a un terzo orgasmo da sola. Sebbene il sangue le colasse dalle piccole ferite sul seno, non sembrava sofferente.

Stava provando piacere, proprio come me.

Mentre si sfregava tra le gambe per poi sussultare, i fianchi che si impennavano dal letto, io la guardai e scattai una foto mentale, con la voglia di custodire quel momento incredibile nei miei ricordi per sempre.

Quando fui certo di averlo fatto, le spinsi via le dita e chinai la testa. Se la mia compagna voleva altro piacere, di certo glielo avrei dato, diamine.

Per tutta la notte.

27

JOY

PER VIA DELLA FOLLE SERATA, Remy dormì fino a tardi. Lo stesso facemmo noi. In effetti, non ci svegliammo fino a quando lei non entrò in camera e salì sul letto. Non commentò il fatto che io avessi dormito di nuovo nel letto di suo padre o che fossimo nudi. No, commentò la maglietta di Marina che aveva addosso, quanto la adorava e volesse tenerla per tutto il giorno. La mente di una bambina di quattro anni era così dolce e semplice.

Trenta minuti dopo, io e Remy eravamo fuori sulla veranda sul retro a mangiare ciotole di yogurt con cereali e frutta. Io mi ero messa i miei vecchi pantaloncini di jeans e la canotta per sfidare il caldo perché avrei lavorato nel mio studio per la maggior parte della giornata.

Remy indossava ancora la sua maglietta. Il suo "abitino elegante".

Wes era in casa a mettere su una caffettiera.

La porta sul retro era aperta. Il sole brillava. Gli uccellini cinguettavano. Mi sembrava che la mia vita fosse diventata un film della Disney. Forse io ero davvero la principessa di cui parlava Remy.

Avevo ottenuto il mio principe. Mi posai la mano sul seno dove Wes mi aveva morsa. Dio, sembrava che ci piacessero le cose perverse. Forse, eccitarsi per un tipo che si trasformava in un lupo era la perversione massima. No, lo era lasciare che mi mordesse. Che mi marchiasse: perché, quando avevo indossato il reggiseno, prima, avevo visto i segni rossi del morso. Non faceva male sebbene, quando premevo su quel punto, *era* un tantino livido.

Così come la mia fica dopo che mi ero fatta sbattere contro la testiera del letto.

Entrambe le cose mi fecero sorridere.

«Mi piace questa roba croccante nel mio yogurt,» disse Remy, agitando il cucchiaino e distogliendomi dai miei pensieri.

«Cereali,» dissi io. Lei ripeté la parola, ma non le uscì proprio corretta.

Non importava.

Un cellulare squillò dentro casa. Non era il mio e

Remy aveva quattro anni, per cui doveva essere quello di Wes.

«Sì?» Il suono di quella singola parola fu brusco e spiacevole. Come se sapesse chi era dall'altro lato e non gli andasse a genio.

«Cosa? Perché?»

Fissai Remy che era impegnata a prendere col cucchiaio un altro po' della sua colazione, inconsapevole dell'irritazione di suo padre.

Io le diedi un colpetto sul naso mentre mi alzavo e lei ridacchiò.

In cucina, Wes era appoggiato al bancone con indosso dei jeans e una camicia coi bottoni a scatto. Lo raggiunsi e mi abbracciò.

«Ho parlato con il membro del Consiglio dei Mutanti della mia regione. Concorda sul fatto che Remy sia mia, per cui verrò a prendermela domani mattina.»

Oddio. *Remy era sua?* Era Soraya?

«Non ti prenderai mia figlia, Soraya,» ringhiò lui, confermando i miei sospetti.

Allentò la presa e si allontanò, iniziando a fare avanti e indietro per la stanza.

Io lanciai un'occhiata fuori dalla porta sul retro e vidi Remy che parlava allegramente tra sé. Era in ginocchio a tavola a nemmeno tre metri di distanza. Era al sicuro.

«*Nostra* figlia,» sentii al telefono.

«Perché lo stai facendo?» volle sapere lui. «Perché *cazzo* stai facendo una cosa del genere adesso?»

Lei emise una risata priva di alcun umorismo. «Perché stai con un'umana.»

Io inalai un respiro e incrociai lo sguardo verde di Wes.

Io. Soraya voleva sua figlia perché voleva tenerla lontana da me.

Me. Tutto quello stava succedendo per colpa mia. Mi bruciarono gli occhi di lacrime.

Soraya si era presentata *dopo* la tempesta. Dopo che io mi ero trasferita a casa di Wes. I lupi erano possessivi nei confronti dei loro compagni e dei loro cuccioli, per cui, anche se non avesse voluto Wes, probabilmente la infastidiva avermi attorno. Era colpa mia. Se fossi rimasta a casa mia, lei non avrebbe mai saputo che io e Wes stavamo insieme.

«Che cazzo ha a che vedere questo con tutta questa storia?»

Wes non imprecava davanti a Remy. Non l'avevo mai davvero sentito imprecare più di tanto. Quello era un brutto momento, però. Avrei voluto strappargli il cellulare di mano e dire due paroline io stessa a quella donna. Avrei perso, però. Perché lei aveva un vantaggio in quella situazione. Io *ero* umana.

«Non permetterò che mia figlia *mutante* venga *contaminata* da un'*umana*. Cosa le insegnerà? Come la aiuterà a crescere fino a diventare una femmina mutante potente?»

Lo sguardo di Wes si spostò sul mio per poi posarsi su Remy fuori dalla porta.

Io feci lo stesso.

«Come le hai insegnato qualcosa *tu* negli ultimi quattro anni?» ribatté.

«Comincerò adesso.»

«Tu *non* te la prenderai.»

«Te la stai facendo con un'*umana*. Me la prenderò *eccome*. Ho già il consiglio dalla mia parte. Sono io la madre e sono tutti d'accordo sul fatto che Remington non si trovi in un ambiente dove possa prosperare.»

Wes spalancò gli occhi e si tirò i capelli. Girò in cerchio e si fermò dritto davanti alla porta sul retro, così da poter fissare sua figlia.

Fu straziante da osservare. Sentire che qualcuno era pronto a strappargli via la sua bambina. Dio, la sera prima mi aveva detto che perdere Remy era il tuo timore più grande.

Non potevo lasciare che accadesse.

«Sarò lì domani mattina alle dieci. Ci sarà qualcuno del consiglio con me ad assicurarsi che tu faccia il tuo dovere.»

Con ciò, la chiamata terminò.

Wes gettò il proprio cellulare sul bancone di granito e quello scivolò sulla superficie con un clangore.

Soraya era una stronza. Non mi piaceva usare troppo spesso quel termine, ma come per le imprecazioni, quello era il momento appropriato. Il motivo per cui esistevano le parolacce era per sfogarsi. Non mi ero mai aspettata che tutti fossero miei amici. Mi stava bene. Ma lei mi odiava. Le avevo rivolto solo un paio di frasi e, con una sniffata, lei aveva deciso di detestarmi.

Stava costringendo Wes a scegliere tra me e sua figlia.

Era una cosa orribile.

Avevo paura a toccarlo; sembrava pronto a esplodere. Come se il suo lupo avesse avuto bisogno di uscire a correre, lottare o qualcosa del genere.

«Può farlo?» sussurrai.

Lui fissava Remy, sfregandosi una mano sulla barba rossa. «Sì,» sbottò. «Se davvero ha coinvolto il consiglio.»

Mi portai le dita tremanti alle labbra. «Che cos'è il consiglio?»

«È tipo un organo di governo. Composto da giudici, con membri provenienti dai più grossi branchi della regione. Danno udienza ai problemi tra branchi o a questioni che abbiano ripercussioni sulla nostra razza in generale. Hanno potere. La punizione viene messa in atto dai sicari del consiglio. Uno dei membri del nostro branco serve il consiglio come sicario. Johnny.»

«Johnny?» chiesi io sconvolta. «Avrà tipo... ventidue anni.»

Wes annuì. «Prima di lui lo faceva Clint, ma ha rinunciato al ruolo dopo la nascita di Lily.»

«Dunque, se lei si portasse dietro una persona del consiglio, allora...»

«Allora non sarà Johnny. Sarà qualcuno in grado di parlare per il consiglio e che abbia potere decisionale. Significa che si porterà via Remy e che non c'è nulla che io possa fare per impedirlo.»

«Prendila. Scappa!» suggerii, cominciando ad andare nel panico per loro. Non esisteva che lui la lasciasse andare con quella stronza psicopatica.

«Rob dovrebbe sguinzagliarmi dietro Johnny. Sarebbe costretto a» – Wes deglutì con forza – «uccidermi, e sarebbe costretto a portare Remy da Soraya.»

«Cosa? Tutto questo per colpa *mia*?»

Il volto di Wes si contorse in una smorfia pericolosa. «Non tua. *Sua*.»

«Allora me ne andrò. Lasciamoci. Se sono io il problema, eliminiamo me dall'equazione. Se non stessimo più insieme, allora Soraya non avrebbe ragioni da rifilare al consiglio per portarsi via Remy.»

Wes si voltò di scatto a guardarmi. «Tu sei la mia *compagna*,» ringhiò.

Io indicai la porta sul retro e lasciai che le lacrime sgorgassero. «Lei è tua *figlia*.» Deglutii con forza e cercai di trattenerle traendo un respiro, ma non funzionò. «Noi ci conosciamo da meno di una settimana. Questo...»

Agitai una mano tra noi due. «Non basta. Non lascerò che Remy soffra in mezzo a due genitori in guerra come è successo a me. E di certo non permetterò che ti venga portata via. Non sarò io il motivo per cui verrete separati.»

«No.» Il suo ringhio fu feroce. Se non mi fossi già fidata di lui per puro istinto, avrei potuto averne paura.

Scossi la testa. «No. È finita. Mi hai detto ieri sera che mi avresti lasciata andare se te l'avessi chiesto. Te lo sto chiedendo adesso.»

«Joy,» supplicò lui.

«Prendi la roba che ho qui e buttala nel mio cortile. Così, quando arriveranno, non sentiranno il mio odore.»

«Casa tua è a pezzi!» Strinse le mani a pugno.

Feci spallucce. «Andrò da mia mamma.»

Era l'ultimo posto dove sarei voluta andare, ma non avevo scelta. Lì non si trattava di me. Remy si meritava suo padre. Aveva bisogno di lui.

Andai da lui, gli diedi un bacio sulla guancia, poi scappai via, i singhiozzi che mi mozzavano il fiato.

Non avrei mai messo a rischio Remy per nulla al mondo. Nemmeno per amore.

28

WES

Joy se n'era andata. Era corsa fuori dalla porta. Piangendo.

Il mio lupo era furente. Avrei voluto abbattere le pareti di casa mia. Scatenarmi. Lottare per lei.

Ma avevo anche mia figlia a cui pensare.

Joy o Remy.

Soraya mi stava costringendo a fare quella scelta.

Non fosse che Joy aveva scelto per me.

Il mio lupo stava dando di matto ora che lei non c'era.

Soffriva. Ululava. Faceva avanti e indietro sul posto.

La mia vista passava da quella da lupo a quella umana, come se fossi stato sul punto di mutare spontaneamente per difendermi dal pericolo che minacciava la mia cucciola e la mia compagna.

«Papà, mi sono versata lo yogurt sulla maglia!» esclamò Remy, correndo in casa con un cucchiaio sporco e le dita ricoperte di yogurt bianco.

Io inalai un brusco respiro per riacquistare il controllo. Dovevo mettere al guinzaglio il mio lupo così da riuscire a pensare.

«Okay, diamoti una lavata.» La mia voce sembrava vuota. Presi un panno bagnato e la ripulii con movimenti impacciati.

Tutta la luminosità che Joy aveva portato nella mia vita si era spenta. Era tutto bianco, nero e rosso. Ero... privo di gioia.

Letteralmente, cazzo.

«Dov'è Joy?» Remy sembrò leggermi nel pensiero.

Mi schiarii la gola, ma ciò non eliminò la sensazione di un peso che mi opprimeva il petto. «È dovuta andare via.»

«Ma doveva intrecciarmi i capelli,» piagnucolò Remy.

E doveva passare il resto della sua vita con me.

Mi montò di nuovo la rabbia dentro.

Come poteva Soraya fare una cosa del genere? Perché? Si trattava davvero di Joy? Non avevo più avuto aggiornamenti da parte di Johnny, ma non mi era importato fino a quel momento. Ora? Stava andando tutto a puttane, diamine.

Afferrai il cellulare che era scivolato dietro il tostapane.

«Va' a prendere la tua spazzola e i tuoi elastici e lo farò io dopo questa telefonata.» La feci girare e le diedi una spintarella in direzione del bagno.

Composi il numero del mio alfa.

«Wolf,» disse Rob.

«Rob?» La mia voce era roca. «Mi, ehm, mi serve il tuo aiuto.» Fu difficile tirare fuori quelle parole. Ero un fiero lupo maschio alfa. Comunicavo a malapena con i ragazzi con cui lavoravo per tutto il giorno. Chiedere aiuto esulava dalle mie capacità, ma se ne avessi mai avuto bisogno, era in quel momento.

«Dimmi.»

«La madre di Remy verrà domani a prendersi mia figlia. Porterà con sé un membro del consiglio che la sostenga e le daranno ragione perché sto con un'umana.»

«Stronzate,» ringhiò Rob.

Le sue parole mi concessero un briciolo di sollievo. «Ci sono delle leggi che governano la custodia parentale?»

«No. Se ci fosse un dibattito tra branchi, verrebbe risolto dalla decisione dei membri del consiglio.»

La cosa non mi risollevava affatto.

«Soraya ha dato a intendere che il consiglio abbia già preso una decisione. Senza che io presentassi nemmeno la mia versione dei fatti.»

Sentii il suo ringhio attraverso il telefono. Mi riecheggiò nel petto.

«Forse si porta dietro un membro del consiglio affinché prenda una decisione sul posto invece di attendere il loro prossimo incontro. Sarebbe insolito, ma se il tempo fosse essenziale, il consiglio potrebbe inviare un membro a risolvere una disputa a quel modo.»

Cazzo.

«Hai marchiato la tua compagna?» chiese lui.

«Sì.» Dovetti allontanare dalla mente l'immagine del volto della mia bellissima compagna rigato di lacrime perché mi faceva tremare di rabbia al pensiero che me la stessero portando via. «La cosa giocherà a mio sfavore?»

«Non lo so.»

Mi si contorse lo stomaco.

«Io e Johnny ti sosteremmo all'incontro. Non abbiamo un rappresentante del consiglio, ma io sono l'alfa di un branco potente di questa regione e chiunque arrivi dovrebbe rispettare la mia presenza. Il mio branco ha parecchi maschi accoppiati con delle umane. Se dovessero cominciare a discriminarci per questo, avrebbero un problema e renderò la cosa molto chiara.»

«Grazie.» Non ero solo in quella faccenda. Il mio nuovo branco non mi avrebbe abbandonato nel momento del bisogno.

«Quando arriveranno?» chiese Rob.

«Domani. Alle dieci.»

«Ci saremo.»

«Se n'è andata, Alfa,» aggiunsi.

«Chi?»

Era una domanda valida dopo che Remy era scappata la sera prima. Mia figlia era una a cui piaceva sgattaiolare via e avrei dovuto lavorarci su. Un'altra volta.

«Joy. La mia compagna se n'è andata così da non frapporsi tra me e la mia cucciola.»

«Cazzo. Una cosa alla volta. Ci occuperemo di Remy, dopodiché potrai rincorrere la tua compagna. Vieni al ranch, adesso, e io e Johnny ti aspetteremo nel mio ufficio. Escogiteremo un piano.»

29

JOY

«Ciao, mamma.» Trascinai una piccola valigia in casa di mia madre quella sera.

Avevo provato a lavorare nel mio studio quel giorno – mi ero costretta a farlo perché dovevo creare un sacco di prodotti per rimediare a quelli rotti – ma era stato difficile vedere l'argilla con le lacrime che continuavano a scorrermi lungo le guance.

E io non ero tipo da piangere.

Continuavo a dirmi che era stupido piangere per un tipo che avevo conosciuto una settimana prima.

Del tutto assurdo.

Il fatto che si trovasse nella casa accanto aveva peggiorato ulteriormente la situazione. Per fortuna gli arbusti e un po' di steccato mi avevano impedito la vista tanto quanto le mie lacrime.

Il mio seno indolenzito, però, continuava a ricordarmi che era stata molto più di una settimana di sesso. Wes aveva fatto sul serio con me. Aveva creduto che fossimo predestinati. Che fossimo fatti l'uno per l'altra. Che io fossi "quella giusta".

E diamine se lui non era sembrato quello giusto per me.

Soprattutto visto quanto il mio cuore stava soffrendo per averci rinunciato.

Non gli avrei impedito di tenersi sua figlia, però. Tenevo troppo a lui per fare una cosa del genere. Il pensiero di Remy che se ne andava con quella donna terribile...

«Joy? Che succede?»

Mia mamma era in cucina, il che era un buon segno. Indossava i suoi abiti da lavoro, quindi era scesa dal letto quel giorno ed era andata in ufficio.

Sembrava davvero che l'aver passato una giornata con Remy fosse stato come premere una specie di pulsante di riavvio. L'aveva tirata fuori dai suoi pensieri cupi. I bambini avevano quel potere. Non ci si poteva crogiolare nella propria miseria quando un piccolo umano aveva bisogno della nostra attenzione per sopravvivere.

Remy avrebbe aiutato anche Wes in tal senso. Lui

sarebbe riuscito ad andare avanti perché quella bambina di quattro anni era dolcemente impegnativa. Non che credessi sarebbe sprofondato nella depressione dopo soli pochi giorni dalla mia partenza.

Anche se, in effetti, era sembrato distrutto quando gli avevo dato il mio bacio d'addio. O forse era perché erano stati sul punto di strappargli via sua figlia.

Io, d'altro canto? Non sapevo come avrei continuato a vivere nella casa accanto all'uomo che amavo.

Già, *amavo*.

Sembrava sciocco dirlo di una persona appena conosciuta, ma non mi si sarebbe mai spezzato così tanto il cuore se non fossi stata follemente innamorata di Wes.

Avevo avuto una o due storielle in passato. Questa era su un altro livello.

Lasciai cadere la valigia in corridoio. «Ciao,» dissi a mia mamma. «Resterò qui fino a quando non avranno riparato il mio tetto. Va bene?»

«Be', ma certo, tesoro!» replicò allegra. «Sarebbe fantastico averti qui. Ma pensavo stessi da Wes?»

Mia madre si girò verso di me e mi scrutò interessata.

Era emozionata per me dopo aver conosciuto Wes e Remy. Speranzosa, per la prima volta da secoli.

Stavo per infrangere i suoi sogni.

Non avrebbe più avuto un'adorabile nipotina dai capelli rossi, dopotutto.

Forse non avrei ancora dovuto dirglielo. Mi piaceva

quella versione di lei e non volevo essere il motivo per cui sarebbe precipitata di nuovo nella depressione.

Lei aggrottò la fronte preoccupata. «È successo qualcosa, non è vero? Avete litigato? Sembrava davvero un brav'uomo. Rispettoso e quant'altro.»

Io afflosciai le spalle e mi bruciarono di nuovo gli occhi. Non sarei riuscita a nasconderglielo. Non potevo mostrarmi allegra per lei, quel giorno. Non riuscivo nemmeno a mantenere le apparenze per me stessa.

Sprofondai su una sedia della cucina sconfitta, sospirai, poi tirai su col naso. «Non abbiamo litigato. Ma ci siamo lasciati.»

Lei sgranò gli occhi. «Perché avreste dovuto lasciarvi se non avete litigato?»

«Lui e la mamma di Remy sono coinvolti in una battaglia per la custodia e lui avrà più possibilità di tenersi Remy senza me tra i piedi.»

Lei spalancò la bocca scioccata. «Cosa? È assurdo. Avere te lì non fa che rendere la sua casa un luogo ancora più stabile! Non è che tu sia una drogata, una criminale né nulla del genere.»

Mi presi la testa tra le mani e appoggiai i gomiti al tavolo. «Non voglio parlarne, mamma.»

Non *potevo* parlarne. Non senza spiegarle tutta la storia del lupo, il che era un segreto che sapevo che Wes – né chiunque altro del branco – non voleva venisse svelato.

La mamma si sedette accanto a me e mi massaggiò tra le scapole, come faceva quando ero bambina. «Tesoro,» disse con tono rassicurante. «Mi dispiace così tanto. Era palese che tenessi a entrambi. E ammetto che piacevano un sacco anche a me. Remy è... be', mi ricorda un sacco te. Solare e intelligente. Ed esuberante.»

Mi scesero le lacrime lungo le guance sebbene stessi ridendo. «Voglio bene a tutti e due,» dissi.

Lei piegò la testa. «Allora puoi aiutarmi a comprendere? È stato Wes a chiederti di allontanarti?»

Scossi la testa. «No, ma la sua ex non mi vuole con Remy. Ha reso la cosa molto chiara. Io... sono un fattore scatenante, per lei, suppongo. Sarebbe più facile per loro risolvere le cose se io fossi fuori dai giochi, ecco tutto.»

«Ma tu *fai* parte dei giochi.» Mamma fu dolce e decisa e appoggiò una mano sulla mia.

«Mamma, non mi sei d'aiuto,» sbottai per poi rimpiangerlo subito.

Lei si alzò e mi diede un bacio sulla testa. La sentii spostarsi per la cucina mentre preparava la cena.

«Scusa.» Mi asciugai le lacrime e mi alzai per aiutarla.

Lei allungò una mano. «Siediti, tesoro. Ci penso io alla cena.»

«No, preferirei aiutarti.» Apparecchiai la tavola e presi due bicchieri d'acqua fredda.

«Non devi sempre essere forte,» disse mia madre dopo un attimo, senza guardarmi.

Sembrava una delle cose che avrebbe detto Wes, il che mi aprì un'altra voragine nel petto.

«So che ti sei assunta troppe responsabilità da ragazzina, dopo il divorzio,» proseguì. «Io facevo così tanta fatica a cavarmela con la depressione. Hai sacrificato la tua adolescenza per me.»

Wow. Era una cosa pesante da ammettere.

Rimasi sconvolta dalle sue parole mentre tenevo in mano i tovaglioli. «No, mamma. Ci siamo passate assieme.»

Lei si girò dal bancone per guardarmi. «Non avremmo dovuto passarci insieme. Ero io quella adulta. Avrei dovuto esserci per te e invece è stato il contrario.»

Quelle parole erano un'altra tortura. Dio, perché mi stava scaricando addosso tutta quella roba in quel momento? Non sarei stata in grado di curare le sue ferite se riuscivo a malapena a contenere le mie emorragie.

«Joy... tu ti sacrifichi per tutti gli altri.» Venne da me, mi prese i tovaglioli e li posò sul tavolo. Poi mi afferrò la mano. «Sprechi le tue energie a cercare di rendere tutti felici. Di risollevare il morale alle persone. Me, soprattutto.»

«E allora?» gracchiai. Non sapevo davvero perché stessimo discutendo dei miei difetti caratteriali in quel momento.

Lei mi strinse la mano «Allora voglio che tu faccia l'egoista, per una volta.»

«Mamma, non è questo il momento di essere egoisti!» asserii decisa. «Te l'ho detto, sono un fattore scatenante per la sua ex. Devo togliermi da quella situazione.»

«Be', potrà anche essere vero,» disse lei con voce dolce. «Ma io vedo mia figlia in lacrime, il che mi dice che non è felice della sua decisione. Sto solo pensando che a volte, quando crediamo che ci siano solo due opzioni, potrebbe essere ora di cercarne una terza. So che forse non dovrei essere io a dirlo a te, che forse dovrei dirlo prima a me stessa. Eh?»

Emisi una risatina triste.

«Io... ho ascoltato il tuo consiglio e ho detto a Clyde che ero disponibile per uscire a bere qualcosa questo fine settimana.» Mia mamma mi rivolse un'occhiata timida e imbarazzata per poi tornare ai fornelli a finire di preparare la cena in padella.

«Cosa?» Sollevai la testa. «Davvero? È fantastico. Ha una cotta per te da sempre e sono felice che tu gli abbia concesso un'opportunità. Sono così emozionata!»

Lei mise il cibo in due piatti e li posò sul tavolo.

«Mi piace, ma ho paura. Però sono disposta a provarci.»

Ci sedemmo e io presi la mia forchetta spostando il cibo nel piatto, ma senza riuscire a mangiare. Avevo lo stomaco pesantissimo.

«Come ti sembrerebbe lottare per Wes?» chiese piano mia madre. Mi era chiaro che non volesse più parlare del suo appuntamento con Clyde e io non volevo insistere. Un giorno alla volta, con lei, anche se era da un po' che aveva solo giornate buone. Per cui tornammo alla mia vita amorosa... o alla mia assenza di tale.

Mi si chiuse lo stomaco. «Non posso.» Avevo la voce carica di amarezza e un grosso peso mi gravava sulle spalle.

«Non sai come far funzionare la cosa. Ma continua a porti domande. Quali altre possibilità ci sono a disposizione a parte rompere con lui? Non devi rispondere. Voglio solamente che ci rifletti. Pensa a un modo in cui possa ottenere anche tu ciò che desideri, per una volta.»

Io lasciai che le lacrime mi scorressero incontrollate lungo il viso. Forse mia mamma aveva ragione. Non lo sapevo. Ma apprezzavo il suo tentativo di aiutarmi. Era bello vederla farmi da mamma, per una volta. Capire che mi amava e che ci teneva a me. Che fosse lei a tirarmi fuori da una brutta situazione. O che ci stava provando.

«Grazie, mamma.» Mi alzai, lasciando la mia cena intatta. «Vado a infilarmi sotto le coperte e farmi un bel pianto.»

La vecchia me non si sarebbe concessa nemmeno quel lusso. Ma parte del non sacrificarsi era permettere a me stessa di provare certe sensazioni.

E in quel preciso istante, tutto ciò che provavo era dolore.

30

WES

DORMII DA SCHIFO. La mia compagna non era al mio fianco e il mio lupo era incazzato. Impaziente. Joy aveva ragione riguardo a una cosa.

Remy veniva per prima. Sempre.

Dovevo occuparmi di Soraya una volta per tutte, dopodiché avrei potuto guidare fino a casa della signora Wallace e riprendermi la mia compagna. Anche se avesse significato gettarmela in spalla, cazzo.

Vedermela con la mia ex era l'unico modo in cui avrei potuto riprendermi Joy. Sarebbe stato difficile. Non conoscevo il membro del consiglio che si sarebbe portata dietro e il suo caso era solido.

«Andrà bene,» disse Rob quando gli riempii distrattamente la tazza di caffè.

Lui e Johnny erano lì da un'ora, a rivedere le informazioni che aveva raccolto Johnny, ed erano parecchie. Eravamo in cucina ad attendere. Io, con impazienza. Non avevo un membro del consiglio a spalleggiarmi in quella storia, ma un alfa potente e un sicario dalla mia parte non nuocevano. Lo stesso valeva per ciò che avevamo scoperto il giorno prima.

«Te lo dico ora, Alfa,» dissi. «Se lei dovesse ottenere la custodia di Remy, io scappo.»

Rob mi scrutò, poi annuì. Non ero certo che fosse perché era d'accordo o se avesse annuito per indicare di aver sentito e compreso.

Forse era più sicuro dell'esito di quella piccola *riunione* di quanto lo fossi io. Lui non aveva una figlia sotto minaccia.

Johnny, di solito allegro e sorridente, era seduto in silenzio al tavolo. Stava lavorando sul suo portatile ed era impegnato a battere sulla tastiera. Andai a riempirgli la tazza, ma c'era ancora del caffè.

Suonò il campanello.

Io guardai Rob, poi Johnny.

Era il momento. Avrei tenuto mia figlia o no?

31

WES

«Papà, è arrivata.» Remy corse in cucina. Non aveva un grosso sorriso in faccia come al solito. In effetti, aveva un'espressione determinata. Se non avessi avuto così tanto da perderci, sarei andato nel panico di fronte all'umore di mia figlia perché, nel giro di dieci anni, sarebbe stata un bel peperino.

Non avevo voluto raccontare nulla a Remy di Soraya, ma nel caso in cui le cose fossero andate male quella mattina, avevo deciso che doveva sapere cosa stava succedendo.

Le avevo rivelato che Soraya era la sua madre biologica, che non era stata molto brava a fare la mamma, ma che voleva riprovarci. Le avevo anche detto che io non l'avrei permesso, se ci fossi riuscito.

«Ah sì?» dissi a Remy, nel tentativo di sembrare più tranquillo di quanto mi sentissi in realtà.

Lei annuì. Aveva i capelli raccolti nelle due trecce che le avevo fatto io. Erano storte, ma dubitavo che chiunque se ne sarebbe accorto visto che aveva deciso di scegliere da sola che abiti indossare. Pantaloncini rossi, una maglietta a strisce gialle e verdi e i suoi stivaletti da pioggia rosa. «Sì. Sento il suo odore.» Arricciò il nasino. «Puzza di... sporco.»

Johnny se la rise di gusto. Rob incurvò le labbra e io dovetti sorridere perché aveva ragione.

«Penso che avrà un posto garantito nel consiglio.» Johnny si alzò in piedi.

Io presi Remy in braccio quando il campanello suonò di nuovo.

«Suppongo che dovremo rispondere,» borbottai.

Rob annuì per poi seguirmi.

Lì sulla veranda c'era Soraya. Indossava un abito blu con dei sandali con la zeppa allacciati con un fiocco alle caviglie. Sembrava agghindata per un gruppo di preghiere.

Accanto a lei c'era un uomo sulla trentina. Capelli scuri. Occhi scuri. Rasato. Sembrava provenire da un branco di quelli che vivono nelle metropoli a giudicare dagli abiti costosi, dal taglio di capelli di lusso e... aveva la manicure?

Cazzo.

Poi colsi una zaffata del suo odore. Era unito a quello di Soraya. Era perché erano giunti fino a lì in auto assieme? O se lo stava sbattendo?

«Eccola,» tubò Soraya con una vocina falsa ed eccessivamente solare. «Ciao, Remington,» disse a Remy.

Mia figlia si girò dall'altra parte, si dimenò tra le mie braccia per farsi mettere giù e corse in camera sua.

Le avrei insegnato le buone maniere ... con qualcun altro.

Indietreggiai e lasciai entrare i due.

Non offrii loro un posto dove sedersi.

Le presentazioni erano necessarie, per cui dissi: «Loro sono Rob Wolf, alfa di questa regione, e Johnny, il nostro sicario.»

«Io sono Tad Parker.» Rivolse un cenno del capo prima a Rob, poi a Johnny. «Membro del consiglio del branco natio di Soraya.»

«Non siamo qui per fare amicizia, ma affinché io mi porti via Remington,» disse Soraya. «Spero tu abbia preparato le sue cose. Abbiamo un volo tra poche ore e non ho tempo da perdere.»

«Aspetta.» Rob sfruttò un accenno di comando alfa che percepimmo in entrambi i nostri corpi. Era un'autorità che ti spingeva a immobilizzarti e ad ascoltarlo. «Mi piacerebbe sapere dal membro del consiglio cosa abbia pensato di questo cambiamento nei diritti genitoriali.» Incrociò le braccia al petto, a indicare che non c'era da prenderlo in giro.

Eravamo in piedi nel soggiorno. Non offrii a nessuno una sedia. Né del caffè. Era una situazione scomoda e imbarazzante, ma non avevo intenzione di facilitare le cose né di comportarmi in maniera gentile.

Parker – perché non l'avrei di certo chiamato *Tad* – si schiarì la gola. «Soraya ha portato alla mia attenzione il fatto che sua figlia vive con un'umana.»

Sia Soraya che Parker annusarono l'aria, due volte di fila.

Non avevo dubbi che in casa ci fosse ancora l'odore di Joy. Sebbene io mi fossi fatto una doccia e avessi indossato degli abiti puliti dall'ultima volta che l'avevo vista, il suo odore aleggiava ancora nella stanza.

«Non ci sono coppie di umani e mutanti nel vostro branco?» chiese Rob.

«Non si sta discutendo di altre coppie, al momento,» aggiunse Tad.

«Io ho molti accoppiamenti misti nel nostro branco. Perfino con dei figli. Non c'è alcuna legge del branco né tantomeno un'opinione diffusa secondo la quale la cosa non sia accettata.»

«Non intendevo mancare di rispetto al tuo branco, Alfa, ma Soraya vuole il meglio per sua figlia.»

«La mancanza di rispetto è stata decisamente percepita, Parker.» La voce di Rob era intrisa di avvertimento. «Occhio. Wes ha trovato e marchiato la propria compagna predestinata.»

Lo sguardo sorpreso di Soraya si spostò su di me.

Esatto. Joy non era un'umana qualunque che mi tenessi nel letto. Era la mia unica, vera compagna. La femmina che la natura aveva inteso per me.

«La loro unione è solida,» proseguì Rob. «Permanente. Nulla può frapporsi tra ciò che è stato predestinato.»

Per quanto Parker potesse essere un membro del consiglio, non era un alfa.

«Tad ha espresso il proprio giudizio affermando che Remington dovrebbe stare con me, sua madre, libera da qualunque *contaminazione*.»

«Documentazione?» Johnny porse la mano.

Parker sospirò, si infilò una mano in tasca e gli porse un pezzo di carta.

Johnny lo lesse e lo passò a Rob.

Dopo un'ispezione accurata, Rob lo restituì. Non c'era bisogno che lo vedessi io se l'avevano fatto loro.

«È interessante, Parker, come Soraya sia tanto interessata a sua figlia adesso, dopo non aver avuto alcun contatto con lei sin da tre settimane dopo la sua nascita.»

«Vorrei saperne anch'io il motivo.» Incrociai le braccia al petto mimando Rob.

«Non c'è alcuno statuto che definisca i limiti dell'essere una buona madre,» ribatté Soraya.

«No, non c'è,» concordai io, con un'occhiata eloquente.

«Visto, è d'accordo.» Parker mi indicò.

«Concordo con la sua affermazione,» sbottai. «La sua affermazione non indica che lei, nello specifico, sia in effetti una buona madre.»

Soraya assottigliò gli occhi verdi e assunse un'espressione omicida. «Lei verrà con me. Non puoi fermarmi. Se ci provassi, ci sono un membro del consiglio, un alfa e un sicario qui a testimoniare ciò che possiamo tutti concordare che sia contro le regole del branco.»

«Non di questo branco,» ringhiò Rob. «E voi vi trovate nel territorio del mio branco.»

«Io sono un membro del *consiglio*,» sbottò di rimando Parker. I membri del consiglio costituivano la legge che governava i mutanti. Erano i giudici della nostra razza. La loro autorità superava quella degli alfa.

«Il tuo consiglio non governa questo territorio,» proseguì Rob.

«Avevo la sensazione che avreste tirato fuori questo genere di stronzate,» sbuffò Soraya.

Aggrottai la fronte. Odiavo quella donna. Avrei voluto non averla mai vista, figuriamoci scopata, ma mi aveva dato Remy e, per quel motivo, non avrei cambiato nulla.

«Ecco perché sono passata dall'ufficio dello sceriffo prima di venire qui,» ringhiò Soraya. «Le forze dell'ordine *umane*. Ho sporto denuncia perché mi hai portato via mia figlia. Dovrebbero arrivare da un momento all'altro per arrestarti e assicurarsi che io ottenga la custodia.»

32

JOY

Non mi sentivo affatto meglio quel giorno di quanto non mi fossi sentita dopo essermi addormentata piangendo la sera prima, ma io non ero mia madre.

Non me ne sarei rimasta a letto con le coperte fin sopra la testa per giorni e giorni di fila.

Per cui mi trascinai fuori e andai al mio studio per lavorare a un vassoio che sostituisse quello della spedizione fallita.

C'erano un pickup e un'auto che non conoscevo parcheggiate di fronte a casa di Wes.

Soraya ormai doveva essere arrivata e doveva star avanzando i propri diritti sulla custodia di Remy.

Dio, dovetti usare tutto il mio autocontrollo per non

correre da lui a dargli manforte. A dire a lei che padre meraviglioso fosse Wes. Quanto ci tenesse a Remy. Come lei fosse tutto il suo mondo.

Avrei solo peggiorato le cose, però. Avrei rovinato le sue probabilità di farcela.

Per cui, mi appollaiai sul mio sgabello al tavolo da pittura. Avevo un pennello in una mano e il vassoio cotto per la prima volta nell'altra. Era arrivato il momento di passarci lo smalto, così come a un paio di altri pezzi che avevo pronti, prima di dare loro l'ultima passata nella fornace.

«Joy!»

Mi voltai di scatto al suono della voce di Remy.

Lei corse da me e mi strinse le gambe in un goffo abbraccio. Io posai le mie cose e risposi al gesto. Mi si strinse il petto come se mi avessero avvolto un elastico stretto attorno alle costole.

«Che ci fai qui?» le chiesi.

Era passato appena un giorno, ma mi era mancata.

«Tuo papà lo sa che sei qui?»

Lei scosse la testa contro le mie cosce. Io la presi in braccio e la sistemai sul tavolo. Le cadde uno stivale e finì sul pavimento di cemento.

«Tesoro, non puoi stare qui senza il permesso di tuo papà. Ricordi quanto si è spaventato l'ultima volta?»

«C'è quella signora che puzza,» mi interruppe.

Giusto. Sollevai lo sguardo, ma non potevo vedere

oltre la parete del garage fino a casa di Wes. Stavano provando a prendersi Remy? Era venuta qui per nascondersi?

«Soraya?» Non sapevo se Wes le avesse detto che era sua madre.

Gli occhi di Remy si riempirono di lacrime. «Lei. Dice che devo andare con lei. Tu devi venire a dire che sei tu la mia vera mamma e non ho bisogno di lei.»

Oddio. Mi si riempirono subito gli occhi di lacrime. «Non è così che funziona, tesoro. Lei è la tua mamma.»

Remy scosse la testa e i suoi occhi si riempirono di lacrime. «NON LO È!» gridò. «NON ME NE ANDRÒ CON LEI!»

Non la biasimavo affatto. Se ci fosse stato un momento buono per fare i capricci, sarebbe stato quello.

«Tuo papà sta sistemando le cose. Non preoccuparti.»

Avrebbe dimostrato a Soraya che io e lui non stavamo insieme. Come, non ne avevo idea, ma lo avrebbe fatto. Era davvero bravo a essere un padre e un protettore.

«Voglio stare qui con te,» esclamò lei.

Io scossi la testa. «No. Tuo papà ti metterà in punizione per essere scappata di nuovo. E poi, dobbiamo riportarti indietro prima che si preoccupi.»

L'avrei accompagnata alla veranda sul retro per assicurarmi che entrasse. Non osavo far tornare una bambina di quattro anni a casa da sola, anche se erano

solo una decina di metri. E poi, Remy aveva la pessima –
e pericolosa – abitudine di scappare. Non mi fidavo del
fatto che non l'avrebbe fatto perché era talmente turbata
e avrebbe potuto farsi del male.

La presi in braccio, la misi in piedi, le rimisi lo stivale
e la presi per mano. «Forza, prima che tuo papà si
preoccupi.»

Cosa non avrei fatto per quella bambina... Dio, non
volevo rivedere Wes. Non volevo rovinare il suo piano.
Vedere Remy era già abbastanza difficile per me. E ripor-
targliela? Mi si spezzava il cuore. Wes, però, sarebbe
andato nel panico quando non fosse riuscito a trovarla.
Aveva già abbastanza di cui preoccuparsi in quel preciso
istante. Io potevo, se non altro, riportarla da lui sana e
salva. Una cosa in meno a pesare sulle sue grosse spalle
ampie e sexy.

Mentre salivo sulla veranda sul retro assieme a
Remy, riuscii a sentire le voci profonde di Wes e forse di
Rob Wolf, così come il raspare fastidioso di quella di
Soraya.

«... compagna o no, è umana. Non voglio che mia
figlia venga cresciuta in una famiglia mista.»

Il nodo al mio stomaco si strinse fino a raggiungere
proporzioni epiche.

Ti prego, fa' che Wes vinca questa battaglia.

«Entra,» sussurrai a Remy.

Ma la bambina si rifiutò di lasciarmi la mano;

scoppiò a piangere e strinse le piccole braccia attorno alle mie gambe.

Cavolo. Non volevo interrompere il loro incontro.

«Al consiglio non piace separare i bambini dai loro genitori,» disse un uomo. «Wes, magari potresti tornare da...»

«Non ho intenzione di abbandonare la mia compagna,» esplose Wes.

«Visto?» Remy sollevò il volto chiazzato su di me.

Io arrossii.

«Joy è umana, è vero. È umana ed è perfetta. È più radiosa del sole, porta felicità e amore a chiunque sfiori.»

Mi si strinse la gola.

Sembrava che anche Wes avesse la voce strozzata. «È perfetta per me ed è perfetta per Remy. Lei *tiene* a Remy. Ci tiene talmente tanto che è stata disposta ad allontanarsi da noi, visto che tu hai insistito, così che io potessi tenermi la mia bambina.»

Mi si riempirono gli occhi di lacrime.

«No!» Remy corse avanti e spalancò la porta sul retro. «Questa è la mia *vera* mamma,» dichiarò a voce alta rivolta a tutta la stanza, allargando un braccio verso di me prima che io potessi scomparire. «E voi non potete farla andare via!»

33

WES

Joy. Era lì.

Cazzo, la mia compagna era lì.

Il mio lupo ululò di gioia.

Avanzai in fretta per prendere in braccio Remy, dopodiché andai da Joy e la attirai a me. Le diedi un bacio sulla fronte. Sapeva di sole e della mia compagna.

«Mi dispiace,» esordì lei. «Non intendevo interrom...»

«No. Nessuno manderà via Joy,» esclamai. Lei non aveva *niente* di cui scusarsi. «E *nessuno* ci porterà via Remy.» Infusi del comando alfa nella mia voce.

Joy non lo percepì, ma il corpo di Remy fu percorso da un brivido e Soraya raggelò. «Vedremo cosa avrà da dire la polizia al riguardo,» disse lei una volta che si fu ripresa.

«Qui stiamo perdendo tempo,» disse Rob a Parker. «Il mio sicario ha delle informazioni da condividere, se il membro del consiglio starà a sentire.»

Lo sguardo che gli rivolse Rob gli disse che non aveva altra scelta. Non ce l'aveva davvero, in effetti. I membri del consiglio ascoltavano entrambe le parti.

«Molto bene,» concesse Parker.

Soraya sbuffò e picchiettò un piede a terra.

Johnny si fece avanti. «Ti porgo le mie condoglianze, Soraya, per la morte di tuo padre la scorsa settimana.»

Parker girò di scatto la testa verso di lei.

«Dovrei anche porgerti le mie condoglianze per il fatto che non hai ricevuto un solo centesimo della sua immensa fortuna in quanto proprietario della Stanton Oil. Il testamento dichiara che sua nipote, Remington Sparks, è l'unica erede beneficiaria di Martin Stanton.»

Johnny aveva scovato quell'informazione dopo che l'avevo chiamato il giorno precedente. La sua rete di contatti tra i sicari aveva dato i suoi frutti. Grazie al cielo.

Era quello il vero motivo per cui Soraya si era presentata per rivendicare Remy. Voleva mettere le mani su quei soldi. Quando avevamo scoperto quel dettaglio il giorno prima, ero rimasto tanto sollevato quanto infuriato. Quella stronza subdola e senza cuore.

«È vero?» chiese Parker a Soraya.

Se uno sguardo avesse potuto uccidere, saremmo morti tutti vista l'intensità di quello di Soraya. «Sì,» praticamente ringhiò. «E allora?»

«È interessante, Parker, come una madre che non abbia mai avuto il minimo interesse per la propria figlia lo riscopra quando tale figlia diventa miliardaria.»

34

JOY

MILIARDARIA? Dannazione.

Ora tutto aveva molto più senso. Dio, mi dispiaceva per il fatto che quell'uomo fosse morto, ma dare tutto a Remy? Doveva averle voluto bene, o aver odiato sua figlia. Forse entrambe le cose.

Johnny si passò una mano sulla nuca. «Ho anche raccolto alcune testimonianze su come voi due, diciamo, ve la stiate facendo? Credo che possiamo dire che sentiamo tutti il suo odore su di te.»

Mi schizzarono gli occhi fuori dalle orbite. Soraya e, a giudicare dai suoi abiti e dal suo aspetto, il finto amante della vita all'aperto, stavano insieme? Io non riuscivo a sentire nessun odore, ma ero *umana*.

Quel tipo si agitò a disagio e Soraya strinse le labbra in una smorfia ben poco attraente.

Poi avanzò decisa verso di me e mi picchiettò un dito nel petto. «Tu. Tu non ti godrai la mia eredità! Ti farò fuori prima che succeda.»

Io spalancai gli occhi sorpresa.

Wes mi allontanò da Soraya nascondendomi dietro di sé. Come se lei avesse dovuto passare su di lui prima di arrivare a me. «La mia compagna non ha *niente* a che vedere coi tuoi modi subdoli e complottisti.»

«Parker, io non ho mai visto questa donna prima d'ora,» esordì Rob, parlando di Soraya, «ma ti darò un consiglio. Sarà meglio che tagli i ponti con lei subito. Se il tuo documento si basava sul fatto che lei te lo succhiasse, allora il tuo ruolo all'interno del consiglio non è l'unica cosa di cui dovrai preoccuparti.»

Il tipo, Parker, sbiancò e guardò Soraya come a decidere se il farselo succhiare ne valesse davvero la pena.

«Sì, Alfa,» disse, poi mise la coda tra le gambe e... fuggì. Dritto fuori dalla porta.

Porca puttana.

Potevo immaginare cosa fosse un alfa. Rob emanava una silenziosa autorevolezza. Potere. Ma ogni volta che avevo incontrato Rob Wolf, era sempre stato così rilassato. Ovviamente, nessuna di quella roba da alfa era mai stata indirizzata a me. Vedere quel tipo farsela sotto e scappare letteralmente, però...

Notevole.

Soraya non fu altrettanto furba. Restò, le mani sui fianchi, e riuscì in qualche modo a sogghignare e fulminarmi con lo sguardo nello stesso momento.

Qualcuno bussò alla porta ancora aperta.

Soraya sorrise. «Bene, è arrivato lo sceriffo. Ora risolveremo tutto.»

35

WES

PER LA PRIMA volta in più di ventiquattr'ore, riuscivo a respirare di nuovo.

La mia compagna era al mio fianco. Il membro del consiglio se n'era andato.

Ora dovevamo vedercela solamente con lo sceriffo e, se fossimo stati fortunati...

Entrò il vicesceriffo, Kyle Abbott, seguito dallo sceriffo di Cooper Valley, Levi, che guarda un po' era un mutante, un compagno di branco e un amico.

Provai grande soddisfazione nel vedere il piccolo sorriso autocompiaciuto di Soraya svanire quando colse una zaffata dell'odore di Levi.

Esatto, stronza. Lo sceriffo di Cooper Valley è un lupo.

Joy non lo sapeva, però, e si fece avanti, la mano tesa per fermarli. «Sceriffo, vicesceriffo, non so cosa vi abbia detto questa donna, ma sono tutte menzogne.»

Levi si tolse il cappello e scrutò Joy. «Ne sono consapevole.»

Soraya spalancò la bocca di fronte alle sue parole.

Kyle Abbott, il vicesceriffo, era umano, ma sua figlia, Riley, era accoppiata con Cody, uno dei nostri compagni di branco. Conosceva e manteneva il nostro segreto di mutanti.

Qualunque storia avesse raccontato Soraya, doveva averlo fatto con Kyle, perché doveva aver capito che non era un lupo. Avrebbe voluto assegnare il caso a un umano, ma aveva scelto quello sbagliato. Chiaramente, Kyle aveva riportato la cosa a Clint e avevano fatto due più due.

Perché non se l'erano bevuta. Grazie al cielo.

Kyle guardò Soraya. «Signora, lo sa che è un reato sporgere una falsa denuncia?»

Sentivo odore di disperazione addosso a Soraya. Puntò un dito contro di me. «Lui ha rapito mia figlia portandomela via quando era una neonata. L'ho ritrovata solo adesso e pretendo che lo arrestiate!» La sua voce era stridula.

Kyle Abbott appoggiò una spalla contro lo stipite della porta con aria noncurante. «Ricordami,» biascicò lentamente, «qual è già la pena per aver sporto falsa denuncia a un agente della polizia nel Montana, Sceriffo?»

«Fino a sei mesi di prigione nel carcere della contea,» rispose Levi.

Soraya arricciò il labbro superiore. «Una prigione non mi conterrebbe.»

«Nah, probabilmente no,» intervenne Johnny. «Ecco dove entro in gioco io.» Avanzò minacciosamente di un passo verso di lei. «In qualità di *sicario*.»

I sicari mutanti mettevano in atto le sentenze del consiglio. Poiché le prigioni umane non erano in grado di contenere la nostra specie, di solito tali sentenze prevedevano la pena capitale. Johnny forse era giovane, ma aveva visto più morte di quanta ne avessi vista io, pur lavorando al rodeo.

Quella minaccia funzionò. Soraya corse verso la porta, scontrandosi con Kyle.

«Il mio consiglio,» dissi io, lanciando un'occhiata al dolce volto di Remy. «È che la pianti di traumatizzare tua figlia minacciando di strapparla alla sua famiglia amorevole.» Lanciai un'occhiata a Joy per assicurarmi che concordasse. Che noi tre eravamo una famiglia.

Come sempre, quelle sue labbra perfette si erano incurvate in un sorriso.

«Se dovessi mai sperare che trovi nel proprio cuore la forza di concederti una fetta della sua eredità,» aggiunsi.

Una carota e un bastone.

L'occhiata nervosa di Soraya passò dal volto di Remy al mio e poi a quello di Johnny. «Remy, la mamma ti vuole bene,» disse.

«Oh, ma per favore,» borbottò la mia compagna roteando gli occhi.

Remy si allungò verso Joy e gliela passai. «È questa la mia mamma.»

«Lo so.» Soraya aveva seguito il mio consiglio. «Ma io sono l'altra tua mamma. E ti voglio tanto bene.»

«Okay, ciaooooo,» si intromise Joy.

Soraya lanciò un'occhiata a Kyle e lui se la prese comoda nello spostarsi dalla soglia così che lei potesse varcarla.

«Mamma verrà sempre a trovarti, va bene, piccola?»

«Ciaoooo,» Remy mimò il saluto di Joy.

Levi e Rob ridacchiarono. Probabilmente non era stata la cosa migliore da insegnarle, ma come la maggior parte dei bambini di quattro anni, era davvero carina.

Soraya uscì e Kyle chiuse la porta alle sue spalle. «Ciaooooo,» disse. «Credo che non la rivedremo più.»

Rob annuì, offrendo un sorriso. «Concordo.»

Remy ridacchiò.

Lo stesso fece Joy.

Poi, incredibilmente, anch'io mi ritrovai a ridere.

Era finita.

Remy era ancora lì. E anche Joy.

Tutta la disperazione straziante dell'ultimo giorno

era svanita. Perfino il peso e la solitudine così familiari nel gestire da solo quella famiglia di due persone negli ultimi quattro anni volarono via.

Avevo tutto ciò che avrei mai potuto desiderare.

La mia vita era completa.

36

JOY

Wes mi unì i polsi e li legò alla testiera con un grosso nastro rosa. Non ero certa da dove arrivasse, ma avevo il sospetto che fosse uno di quelli per capelli di Remy.

Lei dormiva e io ero nuda.

Gli occhi di Wes brillavano di verde. Ogni suo lineamento era marcato dalla bramosia, ma mi uccise dicendomi: «Mi farò una doccia, e tu aspetterai qui pensando a quanto sei stata cattiva.»

Spalancai la bocca e strattonai i polsi. Era un *nastro* e avrei potuto slegarmi se ci avessi davvero provato. Non volevo farlo.

«Cattiva?» protestai.

Aveva passato la giornata a dirmi quanto fossi fantastica. Quanto significasse per lui che mi fossi presentata per sostenerlo e che fossi stata disposta a sacrificare i miei desideri e la mia felicità per lui. Avevamo passato l'intera giornata abbracciati, tutti e tre.

Ora ero una *cattiva ragazza*?

«Non penso proprio,» gli dissi.

Un ghigno gli incurvò le labbra. Sorrideva più spesso, adesso. Potevo abituarmici.

«Cattiva ragazza. Mi hai spezzato il cuore, cazzo, quando te ne sei andata ieri. E voglio assicurarmi che tu ne affronti le conseguenze, così che non succeda mai più.»

Il modo sexy in cui disse *conseguenze* mi fece capire che aveva in testa una punizione molto eccitante.

Da sculacciata, immaginavo.

Dimenai impaziente i fianchi. Avevo bisogno che mi toccasse subito.

Ma quel grande stronzo se ne andò con fare sexy nel bagno in camera.

Io fissai il soffitto e sbuffai. Quando cominciai a sentirmi ridicola – ero legata con un nastrino, nuda dalla testa ai piedi, a un letto senza che mi stesse capitando nulla di eccitante – la doccia si spense. Wes uscì e si parò di fronte al letto mentre si asciugava.

Per la miseria, delle gocce d'acqua gli scivolavano lungo il corpo e lui le tirò via. Seguii la sua mano e il piccolo asciugamano rosa – lo stesso della prima volta in cui ci eravamo conosciuti – man mano che vagavano sul suo busto perfetto.

Questa volta, aveva il cazzo duro. Grosso. Lungo. Spesso. Per me.

«Com'è stato quando me ne sono andato?» mi chiese, passandosi l'asciugamano sulla testa bagnata.

Aprii la bocca. Poi la chiusi. Poi la riaprii.

«Tu... sei andato in doccia così che io sapessi cosa volesse dire venire abbandonati da qualcuno?»

Lui scrollò una spalla. «Ti avrei voluta là dentro con me.»

Io strattonai il nastro. «Di chi è la colpa?» sbottai. Non ero più felice. «Wes, fammi alzare.»

Lui percepì che le cose erano cambiate e si chinò su di me per sciogliere il nastro. Nell'istante in cui io fui libera, mi misi subito in ginocchio così che fossimo faccia a faccia. Io sul letto e lui in piedi davanti.

Entrambi nudi. Era giunto il momento di esporci ancora di più.

«Mi spiace di averti ferito, ma non mi metterò mai fra te e Remy. Mai.»

Lui ringhiò. «Lo so. Ti amo ancora di più per questo.»

Mi si riempirono gli occhi di lacrime. Lui allungò una mano e ne asciugò una che mi era colata lungo la guancia.

«Non ci siamo mai separati. Tu non lo sapevi, ma io non ho mai pensato che te ne fossi andata. Avevi ragione, dovevo occuparmi prima di Remy, ma poi sarei venuto da te.»

Spalancai gli occhi. «Davvero?»

«Tu sei mia. La mia compagna. La mia partner. La mia anima.»

«Wes,» esalai. Okay, ero di nuovo felice. Posai le dita sul punto del mio seno in cui mi aveva morsa. No, *marchiata*. C'era un accenno di crosta, ma non faceva male. «È per via di questo?»

«Sì.»

«Perché ti costringeva a tornare?»

Lui si accigliò. «No. Perché quel marchio significa che siamo uniti per sempre. Nulla ci separerà. Nulla romperà ciò che abbiamo deciso di unire.»

«Oh. Ti amo anch'io. Io volevo il marchio per altri motivi.»

«Ora mi baci, cazzo?» chiese lui.

Io non potei fare a meno di sogghignare, per poi esibirmi in un vero e proprio sorriso. «Ora puoi sculacciarmi per essere stata cattiva.» Mi girai e mi misi a quattro zampe. Lanciandomi un'occhiata alle spalle, gli dissi: «Sono pronta ad affrontare le conseguenze.»

37

WES

JOY MI ADORAVA AUTORITARIO, per cui lasciai uscire il mio lato dominante. Ero pronto a mostrarglielo di nuovo.

Afferrai uno dei cuscini e lo lanciai al centro del letto.

«Sdraiati su questo. Voglio quel tuo bel culo per aria.»

Joy obbedì, agitando i fianchi.

«Cazzo, che bello.» Sculacciai una natica, poi guardai la mia impronta sbocciare sulla sua pelle chiara. Avevo il cazzo durissimo. «Tu sei bellissima.»

Le strattonai i polsi dietro la schiena e usai il nastro per legarli assieme in quella posizione. «Sei pronta per la tua sculacciata?»

«Sì, signore.»

Io ridacchiai, una sensazione ancora strana nel petto. Ma stava succedendo sempre più spesso, ormai. Joy era entrata nella mia vita e aveva acceso le luci. Non mi ero reso conto di aver cercato di vivere al buio per tutto quel tempo. Che avrei potuto vivere la stessa vita, percorrere gli stessi passi, ma mille volte più felice di quanto lo fossi stato in passato. Non avevo nemmeno saputo che fosse possibile.

«*Signore*... mi piace,» borbottai. Le sculacciai l'altra natica un po' più forte.

Lei emise un gemito, ma poi mi guardò meglio che poté da sopra la spalla con le braccia legate dietro la schiena. «Grazie, signore, posso averne un'altra?» La sua espressione era civettuola. Amavo il fatto che fosse disinibita con me e non nascondesse alcuna parte di sé.

Una risata più piena mi sfuggì dalle labbra quella volta. Era insopportabilmente carina. Mi riempiva il petto di così tanto calore da farmi temere potesse esplodere.

«Brava ragazza.» Le diedi un'altra sculacciata.

«Pensavo di essere una cattiva ragazza,» esordì lei con insolenza, agitando i fianchi.

«Oh, ora te la stai cercando.» Le diedi una raffica di sculacciate, concentrandomi sulla parte inferiore su cui si sedeva. Lei si dimenò sul cuscino mentre gemeva ed emetteva versi.

Mi fermai. «Mi scoperò quel bel culo stretto stanotte e ti farò vedere chi è davvero il capo.»

Attesi di vedere come avrebbe preso la notizia. Ovviamente non avrei mai fatto nulla che non l'avesse messa a suo agio.

Lei gemette.

«Voglio ogni parte di te.» Mi chinai su di lei, mordicchiandole l'orecchio. «Ti concederai a me in ogni modo?»

«Wes, oh, sì.» L'avrei preso come un consenso, in quello scenario.

«Brava ragazza.» Non riuscii a trattenermi dal ripeterglielo.

Insinuai le dita tra le sue gambe e spalmai il suo glorioso miele verso l'alto e attorno al suo clitoride.

Lei allargò di più le gambe per ottenere altro.

Invece, io la sculacciai ancora un po', facendo diventare il suo culo di un'eccitante sfumatura di rosa. Lei trasalì e gemette. Mi fu chiaro che la cosa si stesse facendo troppo intensa quando cominciò ad allontanarsi dalla mia mano e mi fermai per massaggiarla fino a farle passare il bruciore.

«Brava ragazza.» La premiai di nuovo con le mie dita tra le gambe. «Sei sempre una brava ragazza, anche quando sei la mia cattiva ragazza,» le dissi. Perché decisamente quella non era una vera punizione. Quello era un piacere per entrambi.

Lei era la mia compagna, che avevo la profonda necessità biologica di soddisfare, e alla mia compagna piaceva quando facevo il prepotente con lei.

Infilai i pollici contro il suo interno coscia e le allargai le gambe, aprendole le natiche rosse per infilare la lingua nella sua intimità.

Lei gridò, dimenandosi di piacere al primo tocco della mia lingua. Io la torturai, mi tuffai tra le sue labbra e la penetrai con la punta.

Il mio cazzo pulsava, bramando di prenderla. Mi inginocchiai dietro di lei e sfregai la punta della mia erezione tra i suoi succhi, premendo delicatamente contro la sua apertura. Era così bagnata e accogliente che scivolai subito dentro. Cazzo, che bello. Stretta. Bagnata. Calda.

Il mio grugnito si mischiò al suo morbido gemito di piacere. Le sollevai i fianchi, così che fosse in ginocchio, per poi spostare il cuscino sotto il suo petto. Aveva ancora i polsi legati dietro la schiena e feci scorrere i palmi lungo i suoi fianchi fino ad afferrarle il bacino.

«Mmh.» La sensazione di scivolare dentro e fuori dal suo canale mi mandò in un'altra galassia. Mantenni un ritmo lento, gustandomi la sensazione di lei che si stringeva attorno al mio cazzo quando andavo a fondo, del suo respiro che si mozzava, dei fremiti delle sue gambe.

«Mmh,» gemette a sua volta lei. Eravamo in sincrono. Io davo. Lei riceveva. O forse era l'esatto contrario: lei mi dava il suo bellissimo corpo e io lo ricevevo? Era un perfetto cerchio armonioso, per quel che mi riguardava. I nostri corpi coinvolti in un atto d'amore. Un'incarnazione del Destino.

Ogni volta che venivamo insieme a quel modo, era sempre meglio.

Non le avrei permesso di venire. Non ancora. Avevamo altre cose da esplorare quella sera. Eravamo stati irrequieti in passato, il nostro desiderio annebbiava tutto. Ora, avevamo tutto il tempo del mondo.

Rallentai le spinte, stuzzicandola.

Lei spinse indietro i fianchi, cercando di incoraggiarmi ad andare più a fondo. «Wes,» gemette.

Io mi tirai fuori.

Lei piagnucolò.

Le diedi una sculacciata. «Resta lì dove sei, dolcezza.»

«Sarà meglio che non ti faccia un'altra doccia,» mi prese in giro lei.

Ridacchiai. Diamine. Terza volta. Quella femmina avrebbe cambiato la mia personalità.

Presi una boccetta di lubrificante che avevo comprato quel pomeriggio per i festeggiamenti di quella notte e la stappai. «Sentirai un po' di freddo,» la avvertii.

Dopo essere tornato sul letto, le allargai le natiche e feci cadere un po' di lubrificante tra di esse.

«Ooh!» Il suo buchetto si strinse in risposta a quella sensazione improvvisa.

«Hai mai preso nessuno qua dietro prima d'ora?» Sfregai il pollice sulla sua apertura posteriore, massaggiandoci il lubrificante. Non ero certo di voler conoscere la risposta.

«No.»

Grazie al cielo. Sì, era sbagliato da parte mia essere tanto possessivo di quella parte di lei, prendermi qualcosa che appartenesse solo a me, ma ero un lupo, cazzo.

Per un'umana, ero alfa fino al midollo.

Applicai un po' di pressione, violando la sua apertura e allargandolo affinché accogliesse il mio pollice. Ci lavorai col pollice piano e con attenzione. «Sei nervosa?»

Lei fu percorsa da un brivido. «Un po'.»

«Mi prenderò ottima cura di te, dolcezza. Farò in modo che sia bello. Ti fidi di me?» Ritrassi il pollice e le massaggiai il sedere, stringendolo e sfregandolo. Percepivo il calore di quelle natiche piene contro i palmi.

«Sì.»

«Brava ragazza.» Le slegai i polsi e mi chinai per baciarla in bocca, affondandovi la lingua.

Lei gemette contro le mie labbra.

Le risistemai i fianchi sui cuscini perché una posizione più bassa era migliore per il sesso anale. La pelle non si sarebbe tirata tanto come avrebbe fatto se l'avessi lasciata a quattro zampe e volevo che quella prima volta fosse il più possibile rilassante per lei.

«Infilati le dita tra le gambe, dolcezza. Voglio che ti tocchi mentre ti scopo nel culo.»

Joy obbedì, sollevando i fianchi per insinuare una mano sotto di sé mentre io mi lubrificavo l'erezione. Guardarla era uno spettacolo. Un'altra volta, mi sarei seduto sulla mia poltrona a guardarla toccarsi e portarsi all'orgasmo nel nostro letto.

Le allargai le natiche. Premetti la punta della mia erezione sulla fessura.

D'istinto, lei si contrasse.

Attesi. «Rilassati, dolcezza,» mormorai. «Sarà piacevole.»

Il suo anello di muscoli si allentò mentre lei espirava.

«Prendi un respiro profondo e poi spingiti indietro verso di me.»

Lei obbedì e io riuscii a penetrarla con uno scatto silenzioso.

«Oh!» esclamò lei. All'inizio rimasi fermo, per permetterle di adattarsi. Era già strettissimo, cazzo, al punto che sarei potuto venire solo così.

Quando il suo corpo si rilassò ulteriormente, io ci andai piano, lasciando che quello stretto anello di muscoli si aprisse senza che io insistessi. Senza creare alcuna tensione o resistenza. «Così, dolcezza. Ancora un po' e avremo superato la punta, e allora ne adorerai la sensazione.»

Lei si preparò, per cui io mi fermai.

Il sudore mi imperlava la fronte, le mie dita erano rilassate sui suoi fianchi. «Controlli tu la cosa, piccola. Spingi all'indietro quando sei pronta.»

Lei lo fece e la parte più spessa del mio cazzo scivolò dentro.

Porca di quella puttana. «Ti piace?» chiesi a denti stretti.

Lei gemette. Sentivo il rumore bagnato delle sue dita che le stuzzicavano la fica.

«Brava ragazza. Continua a lavorarti quella fica succosa mentre io mi occupo del tuo culo,» le dissi.

«S-ì, signore.»

Cazzo, che carina. Nonostante l'avessi già marchiata come mia, avrei voluto divorarla. Consumarla. Era incredibile.

Mi mossi lentamente dentro di lei, mantenendo le mie spinte costanti e dritte. Man mano che continuavo a quel modo, i suoi gemiti si fecero più forti. Lei inarcò ancora di più la schiena.

«Ti prego, Wes,» gemette.

«Ti prego, cosa, dolcezza?» Pensavo che volesse di più a giudicare dal tono lascivo della sua voce, ma dovevo esserne certo.

«Ho bisogno di venire.»

«Okay, dolcezza. Ti scoperò un po' più forte, ma farò comunque attenzione, d'accordo?»

«Sì.» Adoravo quel leggero piagnucolio nella sua voce.

Accelerai il ritmo, permettendo al mio piacere di intensificare. Mi si contrassero i testicoli. Abbassai i fianchi per andare incontro ai suoi così da non spingermi in maniera troppo imprevedibile o troppo forte. Infilai le dita sotto i suoi fianchi per unirle alle sue tra le sue gambe.

Lei era fradicia, la fica così gonfia e aperta che due mie dita vi affondarono subito dentro.

«Sì, sì!» gridò.

Io mi spinsi nel suo culo, il palmo della mano premuto contro il suo clitoride, e agitai le dita dentro la sua fica.

«Dio, sì! Ti prego, Wes! Ti prego!»

Mi si incrociarono gli occhi. Sapevo che brillavano. Il mio lupo non riusciva ad averne abbastanza della nostra compagna. Mi concessi di scivolare oltre l'orlo dell'auto-controllo. Mi sbattei a fondo nel suo culo e venni.

«Vieni per me, dolcezza,» ringhiai. Sfruttai le dita tra le sue gambe.

Il suo corpo rabbrividì. Il sudore le copriva la pelle. Era calda.

Strillò quando venne, la sua fica si contrasse attorno alle mie dita, che attirò più a fondo dentro di sé. I nostri fianchi si impennarono in sincrono.

Dei fuochi d'artificio mi esplosero dietro le palpebre.

L'odore di Joy mi circondava. Le morsi la spalla – non un morso d'accoppiamento – non abbastanza da rompere la pelle – ma per la voglia di avere tutto di lei, in ogni modo.

Sarei sempre stato famelico della mia compagna a quel modo. Non avrei mai smesso.

Quando il nostro piacere si fu consumato del tutto e noi avemmo ripreso fiato, mi tirai fuori da lei.

«Resta lì dove sei, piccola. Torno subito,» mormorai contro la sua nuca.

«Mmh,» gemette lei.

Andai in bagno per lavarmi le mani e bagnare un panno con dell'acqua calda, poi tornai a ripulire la mia compagna. Lei era morbida e arrendevole, sfatta, con gli occhi chiusi. Un sorriso le tendeva le labbra.

Gettai il panno a terra e ci feci rotolare su un fianco, tirandole via il cuscino da sotto i fianchi.

Tirai il lenzuolo sopra di noi e mi accoccolai contro di lei. «Mia,» mormorai al suo orecchio. Lei era premuta contro di me.

«Sì,» mormorò, appoggiando la testa al mio avambraccio. «Sono tua.»

«E ti amo.» Le baciai e mordicchiai la spalla. «I lupi si accoppiano d'istinto. Ho capito che eri mia dall'odore, ma ci sono anche tutti i sentimenti umani, Joy. Voglio che tu lo sappia.»

Lei si girò tra le mie braccia verso di me. I suoi occhi

azzurri incrociarono i miei. Erano sazi e soddisfatti, ma non potei non notare la sua felicità. «Ti amo anch'io, Wes.»

La baciai con delicatezza e appoggia una mano sulla sua guancia. «Non riesco a credere che potrò passare il resto della mia vita con te.»

Lei rispose al bacio. «Infatti.» Poi le si riempirono gli occhi di lacrime. «Non riesco a credere di essere una mamma!»

Io mi immobilizzai. Non avevamo parlato del fatto che si assumesse anche la responsabilità i Remy. «Va bene? È troppo? Possiamo andarci piano.»

Lei scosse la testa, i suoi capelli scompigliati che mi scivolavano contro la pelle. «No, ci sto. Remy è mia. Anche lei è sembrata saperlo sin dall'inizio.»

Ci riflettei per un istante, rendendomi conto che si era accorta di qualcosa coi suoi sensi da lupo prima ancora di me. «Hai ragione.» Mi ricordai meravigliato. «Effettivamente ha detto che avevi un buon odore la prima volta che ti ha conosciuta. Poi ha detto che sapeva che eri umana, ma una buona.»

Decisamente buona.

«Eravamo destinati a stare insieme,» disse piano Joy, «tu, io e Remy.»

«Sempre e per sempre.»

«Sei tu il mio per sempre,» disse lei, cosa che mi inorgoglì da morire. La attirai a me così che potesse appoggiare la testa sulla mia spalla e accoccolarsi a me per dormire.

«Tu sei incredibile.»

38

JOY

«Credo voglia qualcuno che la accompagni,» dissi a Wes mentre guidavamo verso casa di mia mamma.

Erano passati quattro giorni dalla resa dei conti con Soraya e le cose avevano assunto il ritmo di una routine. Una routine che prevedeva far parte di una famiglia composta da tre persone. Di giorno ero impegnata con Remy e con le mie ceramiche, le notti le trascorrevo nel letto con Wes a fare sesso. A parlare. A conoscerci.

Remy non accennò a sua madre. Nemmeno una volta. Tutto ciò che sapeva era che se n'era andata e la cosa sembrava bastarle.

«Se questo tipo non dovesse andare bene per lei,

preparati a vedermi mandarlo via a calci,» borbottò Wes, gli occhi fissi sulla strada.

Mi si tesero le labbra in un ghigno nel vedere quanto fosse protettivo nei confronti di mia mamma. Ci aveva chiamati il giorno prima chiedendoci di andare a cena da lei. A cena con *Clyde*. Sembrava che il loro appuntamento fosse andato bene e quello era il secondo che organizzavano.

Con noi e una bambina di quattro anni al seguito.

Pensavo fosse una cosa carina. Conoscevo Clyde da diverso tempo, a differenza di Wes, e non mi preoccupavo che potesse ferire i sentimenti di mia mamma. Lei gli piaceva davvero.

Nessun uomo chiedeva con insistenza a una donna di uscire per anni se non era davvero interessato.

«Aspetta solo dieci anni,» dissi io.

Lui mi lanciò un'occhiata e aggrottò la fronte. Io indicai alle spalle col pollice dove Remy canticchiava tra sé sul sedile posteriore.

Wes a quel punto emise un vero e proprio ringhio, cogliendo l'allusione. «Quattordici? Non esiste. Potrà uscire con qualcuno quando avrà vent'anni.»

«E le corse con la luna pie...»

Quando frenò all'improvviso accostando a bordo strada, mi interruppi.

Mi guardai attorno. «Che succede? Abbiamo investito qualcosa?»

Lui si girò sul sedile appoggiando l'avambraccio sul volante. «Stai cercando di ottenere altre *conseguenze*?»

Io trasalii al ricordo che mi ci erano voluti due giorni prima che il sedere smettesse di farmi male dopo l'ultima volta, e quello era stato per divertimento.

«Le mie *seguenze* non sono state divertenti,» borbottò Remy dal sedile dietro. «Ho dovuto lavorare al ranch per quella volta che sono venuti tutti a cercarmi. Non mi piace spostare pietre.»

«Non dovresti farlo,» disse Wes.

Io mi morsi un labbro. Wes aveva deciso che Remy doveva essere punita per essere scappata, anche se aveva avuto ragione a farlo. Doveva capire quanto fossero state pericolose le sue azioni. Per cui l'avevamo portata al ranch con lui il giorno prima e le avevamo fatto spostare le pietre del fiume – quelle grosse come palle da softball che non fossero troppo pesanti – per sistemarle in una pila accanto a un pioppo lì vicino. Poi aveva dovuto riportarle al loro posto. Marina l'aveva aiutata per un po'. Poi Johnny. Non era stato un lavoro forzato, ma per una bambina, era sembrato qualcosa di eclatante. Era stato necessario.

Le ci erano voluti trenta minuti, ma Wes le aveva detto che quello era stato il tempo che avevano perso tutti la volta che aveva deciso di scappare per la sua corsetta con la luna piena. Doveva loro quel tempo a dare una mano.

«Non scapperò più,» aggiunse lei, nel caso Wes avesse avuto in programma di aggiungere altri spostamenti di pietre alla sua giornata.

«Bene. Allora puoi dire alla signora Wallace che può darti una ciliegia in più col tuo succo.»

«Evvia! Che aspettiamo allora?» chiese lei.

«Già, che aspettiamo?» ripetei io, cercando di assumere un'aria dolce e innocente.

Me lo stavo chiedendo anch'io. Wes ci fissò entrambi per poi roteare gli occhi. «Donne.»

Prima che Wes potesse mettere di nuovo la prima, il suo cellulare squillò. Rispose tramite l'autoradio.

«Buongiorno, Wes. Sono Levi.»

Per un attimo, andai nel panico, pensando che volesse dirci che era tornata Soraya. Strinsi la mano di Wes.

«Sono in auto con le mie ragazze,» disse lui, molto probabilmente per avvertire lo sceriffo che c'era una bambina di quattro anni con le orecchie lunghe. Particolarmente lunghe, considerato che i mutanti ci sentivano molto bene.

«Non ti tratterrò. Volevo solo dirti che ho lavorato con Selena Jenkins. Abbiamo redatto i documenti come volevi.»

Selena Jenkins era un avvocato, ma anche una mutante, che Levi aveva detto avesse aiutato i membri del loro branco in passato. I documenti offrivano una somma di denaro a Soraya in cambio della rinuncia a qualunque diritto di custodia nei confronti di Remy. Wes ne avrebbe ottenuto la piena potestà. Per sempre. La somma era ampia per un'artista non proprio affamata come me, ma non per un miliardario.

Avevo la sensazione che avrebbe pagato qualunque cifra pur di far sparire Soraya per sempre.

«E?»

«E sono tutti firmati,» replicò Levi. «Congratulazioni.»

Wes sospirò per poi sorridere. «Grazie.»

Era finita. Soraya non c'era più. Aveva ottenuto ciò che voleva: soldi. Wes aveva ottenuto la garanzia che non avrebbe mai potuto portarsi via Remy.

La chiamata terminò e lui si reimmise in strada.

«È stato un buon modo di usare quei soldi,» gli dissi. Quando all'improvviso ci si ritrovava con abbastanza denaro da potersi comprare un'intera flotta di aerei, era difficile anche solo sapere da dove cominciare a spenderli. Cosa che Wes non era sembrato voler fare. Lui era appagato. Remy era felice.

Era tutto ciò che importava.

Annuì. «Un altro buon modo sarà sistemarti la casa. Non ho intenzione di aspettare che passi l'assicurazione.»

Spalancai la bocca. «Cosa? Po-posso ripagarti.»

«Vuoi che accosti di nuovo?» mi avvertì.

«No!» esclamò Remy.

«Wes...»

«Siamo una famiglia, adesso, dolcezza. Non ho intenzione di comprare uno yacht e dargli il tuo nome né nulla del genere, ma penso che possiamo permetterci di sistemare il tuo tetto.»

Aveva ragione.

«Okay,» concordai. «Non ho davvero voglia di prendermi un secondo lavoro da Cody.»

«La lista di conseguenze si allunga sempre di più man mano che parli,» disse lui, la voce bassa.

«Non vuoi spostare pietre!» esclamò Remy dal sedile posteriore, dimostrando di riuscire a sentirlo comunque.

Wes accostò nel vialetto di mia mamma e parcheggiò l'auto.

«Posso andare a chiedere la ciliegia extra, adesso?» chiese Remy.

«Sì,» disse Wes.

Lei si slacciò la cintura da sola e scese dall'auto. Corse verso casa, lasciando la portiera spalancata.

«Non andrai a lavorare da Cody. Ti posso mantenere io.»

Io mi girai verso di lui. «Non me ne starò seduta in casa a mangiare ciliegie tutto il giorno, Wes.»

«Lo so. Voglio che ti concentri sulla tua passione. Le tue ceramiche.»

Piegai la testa. «Davvero?»

«Ma certo.»

Deglutii, abbassando gli occhi sulle nostre mani giunte. «Stavo pensando di convertire casa mia in un negozio. Magari una cooperativa dove altri artisti possano mostrare e vendere le proprie opere.» Sollevai lo sguardo, e attraverso le ciglia fissai Wes, insicura se fosse una buona idea. «Cioè, visto che non ci vivo più.»

Dopo essersi allungato, lui mi slacciò la cintura e mi attirò dall'altro lato dell'abitacolo.

«Wes!» esclamai.

Una volta sistemata – un po' goffamente – in braccio a lui, lui mi baciò.

E baciò.

Se non ci fossimo trovati nel vialetto di mia mamma, ci saremmo spinti oltre. Diamine, fino in fondo.

«La signora Wall ha detto di piantarla di baciarvi e di entrare!» esclamò Remy dalla porta d'ingresso.

Io guardai Wes e ridemmo.

«Potete prima farmi un fratellino? Cassie a scuola dice che i suoi genitori hanno fatto un bambino perché si baciavano sempre.»

Io sgranai gli occhi, poi risi ancora un po'. Wes assottigliò lo sguardo e assunse un'espressione eccitata.

Non avevamo parlato di un bambino.

Però...

Magari?

Per il momento, ero felice. Ero amata. Ero una madre. La vita era perfetta.

E folle. Perché una certa bambina di quattro anni ci avrebbe decisamente sfiniti.

OTTIENI IL TUO LIBRO GRATIS!

Iscrivetevi alla newsletter di Renee per ricevere Indomita, scene bonus gratuite e notifiche riguardo a nuove pubblicazioni!

https://subscribepage.com/reneeroseit

PRELUDIO
RENEE ROSE
USA TODAY BESTSELLING AUTHOR

L'AUTORE VANESSA VALE

Vanessa Vale, una besteller USA Today, scrive storie d'amore seducenti con ragazzacci insolenti che non solo si innamorano, ma lo fanno di brutto. I suoi libri hanno venduto più di un milione di copie. Vive nell'America occidentale, dove trova sempre l'ispirazione per un nuovo racconto. Per quanto non sia tanto abile nell'utilizzo dei social media quanto i suoi figli, adora interagire con i lettori.

L'AUTORE RENEE ROSE

L'autrice oggi bestseller negli Stati Uniti Renee Rose ama gli eroi alfa dominanti dal linguaggio sboccato! Ha venduto oltre un milione di copie dei suoi romanzi bollenti, con variabili livelli di erotismo. I suoi libri sono comparsi su *USA Today's Happily Ever After* e *Popsugar*. Nominata *Migliore autrice erotica da Eroticon USA* nel 2013, ha vinto come autrice antologica e di fantascienza preferita dello *Spunky and Sassy*, come miglior romanzo storico sul *The Romance Reviews* e migliore coppia e autrice di fantascienza, paranormale, storica, erotica ed ageplay dello *Spanking Romance Reviews*. È entrata dieci volte nella lista di *USA Today* con varie antologie.

Iscrivetevi alla newsletter di Renee per ricevere scene bonus gratuite e notifiche riguardo a nuove pubblicazioni!

https://www.subscribepage.com/reneeroseit

facebook.com/Autrice-Renee-Rose-101548325414563

instagram.com/reneeroseromance

TUTTI I LIBRI DI VANESSA VALE IN LINGUA ITALIANA

Clicca qui!

o vai a:

http://vanessavaleauthor.com/v/IIn

ALTRI LIBRI DI RENEE ROSE

https://reneeroseromance.com/italiano/

Wolf Ranch

Brutale

Selvaggio

Animalesco

Disumano

Feroce

Spietato

Primitivo

Vigoroso

Due Segni

Indomita (gratuito)

Tentazione

Deseada

Sedotta

Gli alfa di montagna

Eroe

Ribelle

Guerriero

Alfa ribelli

Tentazione Alfa

Pericolo Alfa

Un premio per l'Alfa

Una Sfida per l'alfa

Obsession Alfa

Desiderio Alfa

Guerra Alfa

Missione Alfa

Tormento Alfa

Segreto Alfa

La Preda dell'Alfa

Il sole dell'Alfa

Sangue Alfa

La luna dell'Alfa

Giuramento Alfa

La vendetta dell'Alfa

Fuoco Alfa

Salvataggio Alfa

Ordine Alfa

I lupi di Wall Street

Grande capo cattivo – Mezzanotte

Grande capo cattivo – Il folle della luna

Grande capo cattivo - La marchiata

Grande capo cattivo: Gli accoppiati

Wolf Ridge High

Alfa Bullo

Alfa Cavaliere

Fratellastro Alfa

Re Alfa

Bastardo alfa

I peccati di Chicago

La tana dei peccati

Radicato nel peccato

Uomo d'onore

Non provocarmi

Non tentarmi

Non costringermi

Dominami - la serie

Mafia Daddy

Jack of Spades

Ace of Hearts

Joker's Wild

His Queen of Clubs

Dead Man's Hand

Wild Card

Padroni di Zandia

La sua Schiava Umana

La Sua Prigioniera Umana

L'addestramento della sua umana

La sua ribelle umana

La sua incubatrice umana

Il suo Compagno e Padrone

Cucciolo Zandiano

La sua Proprietà Umana

La loro compagna zandiana (gratuito)

Le spose zandiane

Notte degli zandiani

Comprata dagli zandiani

Dominata dagli zandiani

Luci zandiane: il romanzo della festa aliena

Trattenuta dallo zandiano

Reclamata dallo zandiano

Rubata dallo zandiano

Salvata dallo zandiano